CASSETA & PLANETA

As Melhores Piadas do Planeta... E da Casseta também!

ponto de leitura

CASSETA & PLANETA

As Melhores Piadas do Planeta...
E da Casseta também!

Copyright © 1997 by Toviassú Produções Artísticas Ltda.

Todos os direitos desta edição reservados à
EDITORA OBJETIVA LTDA. Rua Cosme Velho, 103
Rio de Janeiro – RJ – CEP: 22241-090
Tel.: (21) 2199-7824 – Fax: (21) 2199-7825
www.objetiva.com.br

Redação final
Beto Silva

Capa
Adaptação de Silvana Mattievich sobre design original de Pós
Imagem Design

Projeto gráfico e ilustrações
Jorge Cassol e Felipe Simon

Caricaturas de Casseta & Planeta
Osvaldo Pavanelli

Revisão
Joana Milli
Bruno Fiuza

Editoração eletrônica
Abreu's System Ltda.

CIP-BRASIL. CATALOGAÇÃO-NA-FONTE
SINDICATO NACIONAL DOS EDITORES DE LIVROS, RJ

M469

As melhores piadas do planeta... e da Casseta também! / Casseta & Planeta. - Rio de Janeiro : Objetiva, 2009.

Edição de bolso
151p.   ISBN 978-85-390-0043-2

1. Anedotas. 2. Humorismo brasileiro. I. Casseta & Planeta (Grupo humorístico).

09-6186   CDD: 869.97
                                CDU: 821.134.3(81)-7

Sumário

prefácio 9

em respeito à nova lei de ação afirmativa.......... 11

a dois piços do paraíso 13

a justiça é cega, surda e manca também, pois
não consegue ir atrás de ninguém 16

a melhor defesa é o achaque 18

anedotas com air-bag e freio ABS 22

a pressa é inimiga da procissão.......................... 26

botando pra poder 36

gênios, duendes, bailarinos machos e outras
coisas em que ninguém acredita 39

há bares que vêm pra bem 44

humor vãnho... 48

bãstã! 50

judeu? não, emprestou a juros 52

basta! 55

loura não existe, é só uma tintura que botam
na sua cabeça 56

manoel, joaquim, camões e cospés 60

na cama com uma dona 71

criança esperança 73

os cães lavam e a caravana passa 78

piadas de la fontaine 81

o homi du campo vive cum a inxada nas mão .. 84

onde as piadas têm o cabelo mais crespinho 90

olimPíadas 96

para meio entendido, meia piroca basta 100

piadas de futebol de salão 104

piadas de salão, três quartos, varanda e
dependências de empregada 109

proctologistas e outros medicuzinhos 114

piadas sofisticadas 120

quanto mais clark kent melhor 123

se me vires atracado com mulher feia, pode deixar que é a minha patroa 125

se mulher fosse líquido, eu bebia, mas como é sólido, eu como 134

tapo tudo por dinheiro 137

vagabundas e bundas vagas 140

anedotas de salão — versão extended play 143

índice remissivo 148

PREFÁCIO

Eu, enquanto presidente da Academia Lusitana de Piadas Engraçadas e Anedotas Esporrantes, fiquei muito lisonjeado com o convite de Casseta & Planeta para escrever o prefácio desta antologia. Imediatamente peguei um avião em Lisboa, e, para minha surpresa, meus colegas de voo eram um papagaio, um judeu, o papa, o presidente dos Estados Unidos e o Bill Gates. A primeira coisa que pensei foi: "Puta que o pariu! Estou num avião de anedota! Esta merda vai cair!" O Bill Gates, que é um gênio, disse que eu tinha direito a três pedidos: peixe, carne ou frango. Em vez de frango, preferi pedir um papagaio, que é uma ave mais engraçada. Me trouxeram um urubu pintado de verde. Reclamei com o comissário:

— Tem um cabelo no meu papagaio!

Ao que o gajo respondeu:

— Por esse preço, você queria o quê? Uma peruca?

Antes que a piada ficasse totalmente fora de controle o comandante resolveu fazer um pouso de emergência numa ilha deserta. Felizmente na ilha deserta havia um ponto de táxi. Entrei no táxi e ordenei.

— Toca para a avenida Atlântica, no Rio de Janeiro.

— A que altura? — perguntou o taxista.

— Se o senhor passar de dez mil metros e entrar aqui um papagaio, um judeu, o presidente dos Estados Unidos e o Bill Gates, nós vamos voltar para a piada do avião!

Finalmente consegui chegar à sede da editora Objetiva, onde pude apreciar a obra e escrever o meu prefácio. Ei-lo:

Trata-se de uma obra revolucionária. Gostei muito do formato pequeno, alongado, lembrando vagamente a forma de um torpedo...

Ao que o editor obtemperou:

— Mas, senhor Manoel, isto que o senhor está descrevendo não é um livro, é um supositório!

— Ai, Jesus, onde foi que eu enfiei o livro?

Professor doutor Manoel Joaquim Bocage Ferreira dos Santos
PRESIDENTE DA ACADEMIA LUSITANA DE PIADAS ENGRAÇADAS E ANEDOTAS ESPORRANTES.

EM RESPEITO À NOVA LEI DE AÇÃO AFIRMATIVA...

20% das piadas contidas neste livro são de humor negro.

Em respeito à colônia portuguesa, todas as piadas de português serão contadas bem devagarinho.

Em respeito à comunidade judaica, as piadas sobre pênis foram cortadas.

Em respeito à colônia japonesa, as piadas de japonês não são todas iguais.

O papagaio, a freira, o urubu pintado de verde e o cachorro chamado Nabunda doaram seus cachês para a Sociedade Viva Cazuza.

A DOIS PIÇOS DO PARAÍSO

João e José eram muito amigos. Tão amigos que fizeram um pacto: o primeiro que morresse faria de tudo para entrar em contato com o outro aqui na Terra. No verão seguinte, desafortunadamente, o José teve um ataque cardíaco e morreu. João ficou muito triste e deprimido. Mas dois meses depois do funeral ele recebe um telefonema.

— Alô, João. É o José!

— Você cumpriu sua promessa! E aí, como é que é aí, o que você faz?

— Bom, eu acordo, tomo o café e já saio trepando. Lá pelas dez da manhã, é mais foda. Meio-dia eu almoço e trepo de novo. Lá pelas três da tarde é pau dentro de novo. Às seis eu fodo e de noite um jantarzinho e uma trepadinha antes de dormir.

— Que beleza! Eu não sabia que o céu era essa maravilha!

Quem lê CARAS não vê coração.

— Que céu, rapaz! Eu reencarnei. Agora eu sou um touro reprodutor numa fazenda em Uberaba!

Três caras morreram num acidente de avião. Quando chegaram à porta do céu, São Pedro perguntou para os três se eles haviam traído a esposa alguma vez na vida.

— Não, nunca! — disse o primeiro.

Então, São Pedro lhe recompensou com uma Ferrari.

O segundo teve que confessar:

— Bom, São Pedro, sabe como é que é, aquela secretária gostosona do chefe me dando o maior mole, não deu pra resistir, eu traí minha mulher uma vez.

Então São Pedro lhe deu um carro da Ford.

— Aí, santidade, o negócio é o seguinte — disse o terceiro — eu traí a patroa mais de 10 anos. Direto.

São Pedro, então, lhe deu um fusquinha.

Algum tempo depois, o cara do fusquinha estava lá andando pelo céu quando cruzou com o cara que ganhou a Ferrari. O sujeito estava triste, cabisbaixo, chorando na beira da estrada.

— Qual é o seu problema, meu irmão? — perguntou o cara do fusquinha. — Você tem esse carrão maravilhoso e eu ganhei esse aqui todo fudido...

Foi quando o dono da Ferrari respondeu:
— É que eu acabei de ver minha mulher andando de skate...

A JUSTIÇA É CEGA, SURDA E MANCA TAMBÉM, POIS NÃO CONSEGUE IR ATRÁS DE NINGUÉM

Como você sabe que um advogado está mentindo?

Seus lábios estão se movendo.

Um advogado e o papa morrem no mesmo dia e vão para o céu. São Pedro corre logo pra receber o advogado e o trata superbem, com extrema cortesia. O advogado é encaminhado para uma limusine sensacional e é avisado que um motorista o levará até uma enorme mansão, onde ele passará a vida eterna. Na vez do papa, São Pedro mostra onde fica o ponto de ônibus e lhe dá o endereço de um conjugado. O papa fica indignado:

— Que isso, São Pedro? O advogado que estava na minha frente recebeu todas as regalias e eu, um papa, que dediquei toda a minha vida ao Senhor, vou morar numa cabeça de porco o resto da eternidade?

— Pois é, de papa o céu tá cheio. Mas advogado... esse é o primeiro que aparece!

Duas mulheres se encontram depois de muito tempo.

— Há quanto tempo! Você se casou?

— Com um advogado. E um homem muito honrado!

— Ué, mas isso não é bigamia?

> **Você sabe que é um merda quando... sua mão adormece no meio da punheta.**

A MELHOR DEFESA É O ACHAQUE

No calor do verão do Rio de Janeiro
os viados ficam suando em picas.

Concurso pra ver qual é a melhor polícia do mundo. Disputam a Scotland Yard, representando a Inglaterra, a SWAT, representando os Estados Unidos, e a Polícia brasileira, representando o Brasil O juiz explica a prova:

— Eu vou soltar esse coelhinho no mato; a polícia que conseguir recuperá-lo no menor tempo será a vencedora.

A primeira a realizar a prova é a Scotland Yard. O juiz solta o coelhinho e os agentes britânicos saem pelo mato investigando com lupas, microscópios, verificando impressões digitais. Em 50 segundos eles recuperam o coelhinho.

Agora é a vez da SWAT. O juiz solta o coelhinho e sai um comando especial da SWAT com equipamentos eletrônicos moderníssimos, raio laser, helicópteros e o cacete. Em 45 segundos eles estão de volta com o coelhinho.

Chega a vez da brasuca. O juiz solta o coelhinho no mato. Um sargento gordo e bigodudo e seus capangas entram no mato. Quinze segundos depois aparecem os PMs com um porco todo ensanguentado implorando:

— Eu juro que sou o coelhinho! Eu juro que sou o coelhinho!

Depois de cinco anos pagando uma etapa em Bangu 1, Jorjão é libertado e volta pra sua mulher, que se manteve fiel todo esse tempo. Na sua primeira noite, a mulher disse:

— Jorge, eu sei que você sofreu muito na cadeia, mas eu estou aqui pra você. Hoje, se você quiser alguma coisa diferente, é só pedir que eu sou tua, meu amor!

— Bom, então eu queria duas coisas.

— Tudo bem, amor.

— Primeiro eu quero que você fique pelada, de quatro, no meio da sala.

A moça, muito pudica, ficou ruborizada, mas o amor falou mais alto.

— Tá bom, meu bem, eu fico. E qual é a segunda coisa?

— Se importa se eu te chamar de Toletão Parrudo?

Um ladrão rouba uma galinha, foge, entra em um ônibus e esconde a galinha dentro da calça. Ele senta ao lado de uma freira. Como a galinha começa a se mexer muito, ele abre a braguilha pra que ela possa respirar um pouco. O cara dorme e a galinha bota a cabeça pra fora da calça. A freira vê e tenta avisar o sujeito.

— Senhor, acorda! Acorda! Eu não entendo nada disso, mas parece que um dos seus ovos quebrou!

A gravidez é a exceção que não confirma a regra.

ANEDOTAS COM AIR-BAG E FREIO ABS

Um motorista foi parado por estar dirigindo em alta velocidade. Enquanto o policial escrevia a multa, ele notou alguns bastões coloridos no carro.

— Pra que servem estas coisas? — perguntou o guarda.

— É que eu sou malabarista, seu guarda. Eu uso isto no meu show.

— Então mostra aí — o policial pediu.

O homem pegou os bastões e começou a dar um show. Primeiro com três bastões, depois quatro, cinco, até sete de uma vez. Ele passava os bastões por cima, jogava de costas, tirava um pé do chão, enfim, deu o maior showzão.

Enquanto o cara estava dando o show passa por ali um outro carro com o motorista cheio de cana, mais pra lá do que pra cá. Ele olha o malabarista dando seu show pro guarda e fica assustadão.

— Meu Deus, eu tenho que parar de beber! Esse tal do teste do bafômetro tá ficando cada vez mais complicado...

O sujeito vinha dirigindo por uma estrada quando cruza por uma placa: CACHORRO CHUPA PAU A UM QUILÔMETRO.

Ele estranha a placa, mas continua tranquilamente a sua viagem. Um pouco à frente, outra placa: CACHORRO CHUPA PAU A 500 METROS. Ele fica intrigado, mas continua sua viagem, até que uma terceira placa aparece: CACHORRO CHUPA PAU A 100 METROS. Curioso, o sujeito resolve parar pra conhecer esse fenômeno. Seguindo as indicações ele chega a uma casinha. Bate na porta e é atendido por um sujeito.

— É aqui que tem um cachorro que chupa pau?

— É aqui mesmo.

— Eu quero ver.

— Tudo bem. Totó, vem aqui!

Atendendo ao chamado do dono, chega o Totó, um vira-lata magrinho. O dono do cachorro pede ao sujeito para ele abaixar as calças.

— Agora, Totó, vai lá e chupa o pau do moço!

O cachorro fica parado.

— Chupa o pau do moço, Totó! — ordena o dono. O cachorro nada.

— Chupa o pau do moço, Totó!

Totó fica parado.

— Totó, essa é a última vez que eu te mostro como é que se faz, hein!

Um caminhoneiro vinha dirigindo por uma estrada deserta à noite. Ele já havia percorrido 30 quilômetros sem cruzar com nenhum carro, a estrada na mais completa escuridão. De repente ele vê um clarão na beira da estrada. Uma luz fortíssima. Curioso, ele para o caminhão e se aproxima devagar da luz intensa. Quando chega mais perto, ele vê um ser contra a luz.

Certamente um alienígena. Um ser estranhíssimo, com uma cabeça enorme, pernas muito curtas, os braços arrastando no chão. O caminhoneiro respira fundo, se enche de coragem e se apresenta:

— Josinaldo, terráqueo, motorista de caminhão, fazendo contato.

O ser responde:

— Severino, cearense, motorista da Itapemirim, fazendo cocô!

> **A gravidez é um feto consumado.**

Quadrinhos pra quem só sabe desenhar casinhas

ENFERMARIA 171 — Por Jamil

A PRESSA É INIMIGA DA PROCISSÃO

Aê, aê, aê, ô, ô, ô... o que seria da música baiana se não existissem as vogais?

Um sujeito muito religioso estava viajando pelo interior quando foi surpreendido por uma tempestade. O rio transbordou e alagou tudo e o religioso teve que se abrigar no telhado de uma casa. Um sujeito aparece num barquinho e oferece ajuda.

— Desce, meu amigo, entra no barco.

— Não, obrigado, eu vou ficar aqui porque Deus vai me ajudar.

O barquinho foi embora. Continuou a chover, a água já estava a dois metros de altura, quando surge outro barquinho.

— Entra no barco, meu senhor.

— Não, eu vou ficar aqui. Deus, em sua infinita sabedoria, vai me ajudar.

Lá se foi o barco e a chuva aumentou mais ainda, a água já estava a cinco metros. Aparece outro barquinho.

— Vambora, entra no barco, é a sua última chance!

— Não, vou ficar aqui porque eu sei que Deus vai saber como me salvar!

O barquinho foi embora, a chuva aumentou e a água atingiu o telhado, matando o religioso.

Passa um tempo e lá está o religioso chegando ao céu injuriado.

— Pô, Deus, a gente reza a vida toda, dedica toda a vida ao Senhor e quando precisa, Você não aparece.

Então Deus responde:

— Não enche o saco, que eu mandei três barquinhos.

A madre superiora reuniu todas as alunas do colégio de freiras para uma conversa sobre suas ambições para o futuro.
— E você, Catarina, o que você quer ser quando crescer?
— Eu quero ser prostituta, madre.
— Você quer ser o quê? — perguntou a madre assustadíssima.
— Prostituta! — repetiu Catarina.
— Ah, que susto! — respirou aliviada a madre — Pensei que você tinha dito protestante.

O padre resolveu informatizar sua igreja e colocou um computador no confessionário. A primeira a se confessar foi uma moça:
— Padre, eu deixei o meu namorado colocar a mão nos meus seios.
O padre digitou uns comandos no computador e uma impressora cuspiu a penitência: dois padre-nossos e três ave-marias.

A segunda moça veio se confessar:

— Padre, o meu namorado deu um beijo nos meus seios.

O padre digitou lá uns comandos e o computador processou: quatro padre-nossos e cinco ave-marias.

Veio então uma terceira moça:

— Padre, o meu namorado colocou só a pontinha do pênis dele dentro da minha vagina.

O padre digitou os comandos e o computador começou a processar. Cinco minutos e nada, dez minutos, meia hora, uma hora e finalmente apareceu uma mensagem na tela do computador:

"PONTA DE PÊNIS NÃO CADASTRADO. TIRAR PÊNIS OU COLOCAR TODO PARA RECEBER PENITÊNCIA."

O padre e a freira iam pelo deserto em um cavalo. Depois de um tempo, o cavalo não aguenta o calor e morre.

— Irmã Maria — diz o padre —, já que não vamos mesmo sair vivos daqui, eu acho que devíamos satisfazer nossos últimos desejos.

> A bicicleta ergométrica é uma viagem sem ida.

— Tudo bem, padre, qual é o seu último desejo?

— Ah, eu nunca vi uma freira pelada. Eu queria ver uma freira pelada.

A freira tira o hábito e fica nua.

— E você, irmã, qual é o seu último desejo?

— Eu também nunca vi um padre pelado.

O padre também tira a roupa.

— Padre, o que é essa coisa comprida?

— Isso é um membro viril, irmã, que ao ser introduzido no corpo dá vida!

A freira fica eufórica.

— Então mete ele logo no cavalo, pra ver se ele ressuscita e tira a gente daqui!

O papa já tinha terminado sua visita ao Brasil. Antes de ir embora ele resolve dar uma volta de carro. Todo mundo esperando ele sair de papamóvel, mas o papa pega uma limusine e pede pra trocar de lugar com o motorista. Sua Santidade assume a direção e sai mandando ver, pisa fundo. Quando ele já está no Aterro a mais de 200 por hora, um guarda para o carro.

— Um minutinho, senhor, que eu preciso ligar pro meu chefe.

O guarda pega o rádio e entra em contato com o comandante.

— Alô, capitão, tem um cara aqui superimportante andando a mais de 200.

— Quem é? — pergunta o capitão. — Vai dizer que é filho de ministro?

— Não, é mais importante.

— É o prefeito?

— Mais importante.

— O governador?

— Mais importante.

— Porra, quem é? É o Lula?

— Não, eu não sei quem é o cara, mas o chofer dele é o papa!

Era sábado, dia do banho do padre João. A jovem irmã Madalena já havia preparado a água e as toalhas exatamente do jeito que o velho padre gostava. Irmã Madalena foi também instruída para não olhar para o corpo nu do padre, fazer o que ele lhe pedisse e rezar.

Na manhã seguinte, a madre superiora perguntou à irmã Madalena se o banho de sábado havia transcorrido direito.

— Ah, irmã — disse a irmã Madalena — eu fui salva!

— Salva? Como assim? — perguntou a madre superiora.

— Bom, quando o padre João estava todo ensaboado, ele me pediu para esfregá-lo, e enquanto eu estava tirando o sabão, ele guiou minha mão para o meio das suas pernas, onde ele disse que Deus guarda as chaves do paraíso. Então ele disse que se a chave do paraíso coubesse em minha fechadura, os portões do paraíso se abririam para mim e eu teria a salvação e a paz eterna. Então o padre João colocou a chave do paraíso na minha fechadura. Primeiro foi uma dor horrível, mas o padre disse que o caminho da salvação é mesmo doloroso e que a glória do Senhor iria encher o meu coração de êxtase. E assim eu fui salva!

— Desgraçado! — berrou furiosa a madre superiora. — Há mais de 40 anos ele me diz que aquilo é a trombeta do arcanjo Gabriel e me obriga a ficar soprando!

O papa estava muito preocupado com a fama que os poloneses tinham de ser burros. Para resolver esse problema, ele reuniu um grupo de engenheiros e arquitetos poloneses e pediu para que fizessem algo maravilhoso, algo que provasse ao mundo que os polacos são inteligentes.

Algum tempo depois o grupo volta dizendo que conseguiu colocar a Torre de Pisa reta.

— Que cagada! — desesperou-se o papa. — Um patrimônio da humanidade! Vão lá e desfaçam essa cagada antes que o mundo todo descubra. Depois tentem outra façanha.

Os caras obedeceram e, meses depois, voltaram animados, dizendo que haviam reconstruído um tal de Coliseu em Roma.

— Cacete! — gritou o papa. — Desfaçam essa besteira e tentem outra façanha.

Meses depois voltam os engenheiros e arquitetos poloneses com boas notícias.

— Construímos a maior ponte do mundo.

— Onde? — animou-se o papa.

— No deserto do Saara.

— Porra, outra burrada! Vão lá rapidinho e desfaçam essa bobagem!

Os caras foram embora, mas voltaram no dia seguinte.

— Aí, papa, não vai dar pra desfazer a ponte não.

— Por quê?

— Porque ela tá cheia de portugueses tentando pescar truta.

— Pastor, é o senhor que separa as mulheres do mal?

— Sou eu sim, meu filho.

— Então separa uma pro sábado pra mim.

Num seminário o padre vai ordenar três novos sacerdotes: João, Pedro e Paulo. Mas, como tem dúvidas sobre a vocação dos três, resolve fazer um teste. Compra uma *Playboy* e pede pros noviços amarrarem um sino no pau.

Chama João e mostra a capa da revista. Imediatamente ouve o sino tocar: "tlin!"

— Que absurdo! Que escândalo! Vá agora mesmo tomar uma ducha fria!

Chama Pedro e mostra a capa da revista. Nada acontece. O padre fica feliz. Mostra então o pôster central e ouve "tlin!"

— Absurdo! Vai tomar uma ducha fria!

O padre chama então Paulo e mostra a capa da *Playboy*. Nada. Mostra o pôster central. Nada. Mostra todas as fotos da revista e mais as de uma *Penthouse*. Nada.

— Ah, que felicidade! — alegra-se o padre. — Enfim uma verdadeira vocação! Vai, Paulo, vai tomar banho com João e Pedro.

Tlin, tlin, tlin, tlin, tlin, tlin, tlin!

O sujeito foi cortar o cabelo no barbeiro que frequentava há mais de 20 anos.

— Rapaz, tô excitadão, vou pra Itália amanhã!

— Itália? — perguntou o barbeiro. — Com tanto lugar bom pra ir, tu vai pra Itália?

— É, eu vou pela Alitalia.

— Puta que pariu, a pior companhia de aviação do mundo! Vai pra que cidade?

— Roma.

— Porra, que merda! Cidadezinha feia! Vai se hospedar onde?

— No Hilton.

— Que cu, hein! Aquilo é o maior pardieiro! Vai ver o papa?

— Claro!

— Programinha de índio, hein! Milhões de pessoas se acotovelando só pra ver o papa.

O sujeito saiu do barbeiro injuriado. No dia seguinte viajou, curtiu a viagem, que foi ótima. Logo que voltou, fez questão de voltar à barbearia.

— E aí, como foi a viagem? — perguntou o barbeiro.

— Rapaz, você não sabe o que me aconteceu. Eu tava lá no Vaticano tentando ver o papa. Logo que o papa chegou na sacada, ele olhou pra multidão e desceu. Saiu de lá e começou a andar na minha direção. Foi se aproximando de mim cada vez mais. Quando o papa chegou bem pertinho de mim, ele falou um troço no meu ouvido. Só pra mim!

— E o que foi que o papa falou pra você?

— Cabelinho mal cortado, hein, rapaz!

BOTANDO PRA PODER

Fidel Castro morreu. Quando chegou ao céu, São Pedro barrou a sua entrada e o mandou pro inferno. O diabo o recebeu eufórico.

— Fidel! Grande Fidel! Sinta-se em casa!

Fidel então se lembrou que tinha esquecido as malas lá no céu.

— Não se preocupe — disse o diabo. — Fica aí à vontade que eu mando dois diabinhos buscarem as suas malas.

E lá foram os dois diabinhos. Chegando ao céu, encontraram uma tremenda fila na porta. Um diabinho virou pro outro e falou:

— Vamos entrar na fila?

O que o elefante disse quando viu um homem nu?
— Legal! Mas você consegue comer amendoim com isso?

— Que fila, mané! — disse o outro diabinho.
— Vamos pular aquele muro ali.

Eles tentam pular o muro. São Pedro percebe e comenta com o arcanjo Gabriel:

— Olha lá, Gabriel. Não tem 10 minutos que Fidel tá no inferno e já chegaram dois refugiados!

Um senador morre e vai pro purgatório, onde é recebido por São Pedro.

— É, senador, o senhor tá enrolado — diz São Pedro examinando a ficha do careca alagoano. — O senhor só fez maldade. Roubou, corrompeu, falsificou...

— Peraí, São Pedro — diz —, também não é assim. Teve uma vez, há uns 10 anos, que eu fiz uma boa ação. Eu dei um real pra um mendigo num sinal.

São Pedro começa a examinar a ficha mais detidamente, examina tudo, até que acha a boa ação nos registros.

> **— Qual a diferença entre uma namorada e uma esposa?**
> **— 30 quilos.**

— É verdade. Tá aqui: deu um real pra um mendigo em 1986.

São Pedro pensa um pouco e chama um auxiliar.

— Ô Gabriel, vem cá. Devolve um real pra esse filho da puta e manda ele pro inferno!

GÊNIOS, DUENDES, BAILARINOS MACHOS E OUTRAS COISAS EM QUE NINGUÉM ACREDITA

Um sujeito está andando pela rua quando encontra uma lâmpada mágica. Ele esfrega a lâmpada e surge um gênio.

— Um gênio! Peraí, deixa eu pensar meus três desejos.

— Três desejos é o cacete! — diz o gênio. — Tempos de crise, meu amigo. Você só tem direito a um desejo.

— Então eu quero... um milhão de dólares.

— Tu é surdo, meu irmão? Eu falei que os tempos são de crise. Pede outra coisa aí.

— Então eu quero que haja paz em Israel. Que árabes e judeus convivam em paz.

> **— Qual a diferença entre um namorado e um marido?**
> **— 45 minutos.**

— Esse desejo é impossível pede outra coisa aí.

— Então eu quero que o Fluminense seja campeão brasileiro!

— Você tem um mapa de Israel aí? Eu vou ver o que posso fazer por você.

Um sujeito muito bem vestido entra em um bar rodeado de mulheres maravilhosas e com um papagaio no ombro.

— Me dá um martíni pra ruiva, uma tequila pra morena, uma cerveja pra loura e 200 *cheeseburguers* pro papagaio.

O *bartender* acha estranhíssimo, mas atende o pedido.

No dia seguinte o cara volta ao bar e repete o pedido, e assim acontece mais dois dias. No quinto dia, o *bartender* não resiste e pergunta pro sujeito por que ele fazia aquele pedido tão esquisito.

— É o seguinte, meu amigo. Um dia eu estava andando na rua e encontrei uma lâmpada mágica. Esfreguei e saiu um gênio que me disse pra fazer três pedidos. Primeiro pedi pra ser muito rico e hoje eu sou uma das pessoas mais ricas do mundo. Depois pedi pra viver cercado de mulheres maravilhosas e o gênio me deu essas gatas que você tá vendo. E em terceiro pedi pra ter um passarinho insaciável. Aí o sacana me deu esse louro filho da puta!

Certo dia estava o gaúcho concentrado tomando seu chimarrão, quando lembrou que já estava atrasado para o baile no povoado.

— Bá! Tô mais atrasado que tartaruga em desfile de lebre!

Ele então pediu pro menino que tomava conta dos cavalos:

— Ô, guri! Encilha um cavalo enquanto eu vou tomar um banho!

E assim, o gaúcho partiu para o baile na sua roupa domingueira.

Como estava atrasado, resolveu pegar um atalho pelo meio do mato. De repente, uma nuvem de fumaça surgiu e apareceu o diabo. O gaúcho se assustou, mas o diabão o tranquilizou:

— Não se assuste! Como és muito corajoso, tens direito a três pedidos!

— Bueno — disse o gaúcho —, já que é assim, vamos ao primeiro: quero um rosto de galã de novela... Segundo: um cinturão forrado de dinheiro... E por último: um genital bem grande, como o deste animal que eu tô montando!

O diabo tomou nota e disse:

— Pode te mandar que eu garanto os pedidos!

O gaúcho chegou ao baile todo prosa. "Oba! Bonitão, ricaço e bem armado vou comer todo o mulherio do salão!" Rapidamente ele entrou no banheiro para conferir os pedidos. O primeiro estava lá. O gaúcho estava a cara do Márcio Garcia. O segundo também: ele estava com o bolso cheio de grana. Faltava o terceiro; quando o gaúcho abaixou as bombachas, teve uma surpresa:

— Guri filho da puta! Me encilhou a ÉGUA!!!!!!

Um sujeito estava jogando golfe, quando, lá pelo 16º buraco, ele quase acerta a bola num anãozinho esquisito, com dois chifrinhos na cabeça. Antes do sujeito tentar se desculpar, o homenzinho fala:

— Eu sou um duende e posso te conceder três desejos.

— Não, obrigado, eu já estou satisfeito de não ter lhe acertado com a bola, você podia se machucar.

O sujeito continuou jogando seu golfe e o duende pensou:

"Esse sujeito é muito gente boa. Já que ele não me pediu nada, vou realizar pra ele os três desejos que a maioria dos golfistas me pede: muito dinheiro, muita sorte no golfe e uma vida sexual intensa."

Um ano depois, o sujeito está lá jogando no mesmo buraco, quando novamente quase acerta o duende.

— Você de novo! Tudo bem?

— Tudo bem — responde o duende. — E você, tem jogado muito golfe?

— Ah, muito, e eu ando com uma sorte inacreditável!

— Graças a mim! E dinheiro, muito dinheiro?

— É impressionante, mas de um ano pra cá eu fiquei milionário.

— Graças a mim também! E o sexo?

— Ah, vai bem. Uma ou duas vezes por semana.

— Só uma ou duas vezes por semana? — estranhou o duende.

— Bom, até que não é ruim pra um cardeal arcebispo.

— Por que todo broxa é imaturo?
— Não cresce nunca.

HÁ BARES QUE VÊM PRA BEM

Um sujeito entra num bar abraçado a dois mulherões.

— Me vê duas cocas.

— Família? — pergunta o balconista.

— Não. São putas mesmo, mas estão morrendo de sede.

Um sujeito chega ao bar.

— Garçom! Duas cachaças!

O garçom traz as cachaças. O sujeito bebe a primeira.

— Pela dor!

Ele bebe a segunda.

— E pela vergonha!

Pede mais duas cachaças e repete o ritual.

— Pela dor!... E pela vergonha!

Ele repete isso uma porção de vezes, até que o garçom, curioso, pergunta:

— Desculpe a minha indiscrição, mas... por que o senhor pede duas cachaças e brinda dessa maneira?

— É que eu estava em casa e resolvi tomar banho no jardim. Aí o sabonete caiu no chão, eu me abaixei pra pegar e o são bernardo do vizinho chegou por trás e... crau!

— Nossa! Que vergonha! — disse o garçom.

— Não, não. Essa foi a dor. A vergonha foi quando o são bernardo saiu enganchado comigo pela vizinhança!

Um sujeito entra em um restaurante. Depois de comer, pede a sobremesa.

— O que vocês têm de sobremesa?

— A maçã especial da casa!

— Maçã? Não tem outra coisa?

— Mas a nossa maçã é especialíssima, é diferente de qualquer outra.

— Tudo bem, traz a maçã.

O garçom traz a maçã e o cara prova.

> **— Qual a diferença entre um sábado e o seu pau?**
> **— E mais fácil arrumar uma garota pra fuder com o seu sábado.**

— Peraí, essa maçã é igual a todas as outras, tem gosto de maçã!

— Calma, meu senhor. Prova o outro lado.

O cara prova o outro lado da maçã, que tem um gosto maravilhoso.

— Uhhmmm! Que sabor delicioso. É morango?

— Exatamente. É a especialidade do nosso cozinheiro. E o senhor pode pedir o sabor que quiser.

— É mesmo? Então eu tenho um pedido especial: eu quero uma maçã com gosto de buceta! Hummm! Eu adoro uma bucetinha!

— É pra já!

Alguns minutos depois volta o garçom com mais uma maçã especial da casa. O sujeito prova e cospe tudo.

— Porra, essa maçã tem gosto de cu!

E o garçom:

— Vai virando, vai virando!

Um bêbado chega em casa. Com enorme dificuldade consegue tirar a chave do bolso e abrir a porta.

— Echta é minha chave e echta é minha porta...

Cambaleando, entra em casa.

— Echta é minha casa, echta é minha sala e echte é meu sofá...

Entra no quarto quase caindo.

— Echte é meu quarto, echta é minha cama, echta é minha mulher e echte cara dormindo na minha cama... sou eu!

— Garçom, dez doses de uísque, por favor.
— Puxa, pelo que eu estou vendo, parece que estamos comemorando alguma coisa.
— É, minha primeira mamada!
— Que beleza! Pode tomar mais uma dose por conta da casa.
— Não, obrigado. Se o gosto não sair com 10 doses, não vai sair com 11 também!

Quadrinhos pra quem só sabe desenhar casinhas

TECO-TECO, ESCOPETA E AZEITONA Por H. Vígio e Le Coq

— Qual a diferença entre pagar pra comer uma mulher e comer uma mulher de graça?
— Comer de graça sai muito mais caro.

HUMOR VÃNHO

Um curandeiro reuniu centenas de deficientes no teatro da cidadezinha prometendo curar todos. Chamou ao palco um aleijado numa cadeiras de rodas.

— Eu vou te curar e a partir de hoje você vai andar.

Colocou o aleijado atrás de um biombo que havia no palco e se dirigiu à plateia:

— Alguém mais quer testar junto com o aleijadinho os meus poderes de cura?

— Eu guero! — gritou o fanho. — Eu guero deijar de zer vãnho!

— Suba ao palco e vá para trás do biombo — ordenou o curandeiro.

Com o aleijado e o fanho atrás do biombo, o curandeiro começou a dizer umas palavras mágicas e ordenou:

— Aleijado, levanta e anda!

Nada aconteceu.

— Aleijado, levanta e anda!
Nada aconteceu.
— Fanho, fala!
Nada aconteceu.
— Fala, fanho!
Ouve-se uma voz detrás do biombo:
— O aleixado ze exdabacou no jão!

BÃSTÃ!

IZO DEM GUE AGABAR!

Os vãnhos zão disgribidados há zégulos por doda bobulazão.
Dós dambém zomos vilhos de Zeus, Zeus, borra!
Oudro dia besmo dive gue gombrar um bênis e...
BÊNIS, BORRA!
Zaí da loja gom drês bãralhos.
Bênis é o bãralho!
Debois dive gue dar um inderurbanho bra binha dãborada gue bora em Dragunhanhém. A bunra da delevonista ligou pra Dragunhanhém. Dive gue vãlar aos berros:
— Dão é Dragunhanhém! Ê Dragunhanhém!
Gonzegui vinalmente a ligazão:

— *Alô! Fânia? Adivinha guem esdá valando?*

Os vãnhos dêm gue der bais boz adiva. Demos gue der baiz liverdade de exbrezão.

Demos gue conseguir nozo lugar ao zol. Dar bazão aos nozos zonhos. Bazão! Num zabe o gue é bazão, borra! Vozês zão zurdos? Borizo gonglamamos, jamamos dodos agueles gue dêm uma ligeira diviguldade de ze vazer entender, bara endrarem neza luda.

Bamos vundar a Azoziazão dos Amigos do Vânho, a AMADIL (DIL, VUCETA! Aquela gobrinha gue viga em zima do A! A!, BORRA!)

Bor hoje jega, vigo bor aguí!

Badrízio Boreira (Boreira, borra, gom ebe!)
VONOAUDIÓLOGO

— Pô, naquela cidade só tem puta e militar...
— Mas minha mãe mora lá!
— Está garantindo as instituições democráticas de montão!

JUDEU? NÃO, EMPRESTOU A JUROS

O judeu chega em casa e encontra a empregadinha gostosinha tomando banho, no banheiro dele.

— Você está suzinha?

— Estou sim sinhô.

— Você gostarr de foderr?

— Gosto muito sim sinhô.

— Enton vai foderr con outro que esse zabonete ié meu.

Três mães judias tomando chazinho. A primeira fala:

— Meu filho, Jacó, casó com Sarrinha e se formó em engenharia.

— Mas Sauzinho ié que ié filho. Já ié médico, ainda non zaiu de casa e me leva parra jantar forra toda zemana.

— Grandes coisas. Levi ié que ié filho. Abandonó a faculdade, casá com uma goyim e faz análise todo dia. Pra falar de quem? De quem?

Um mendigo bateu na porta de Isaac e falou:

— Uma esmolinha, pelo amor de Deus.

— Pode jogar por baixo da porta... — disse o judeuzão.

Briga num bar. Um judeu dá porrada num chinês.

— Isso é pelo que vocês fizeram em Pearl Harbor.

— Mas quem bombardeou Pearl Harbor foram os japoneses.

— Japonês, chinês, coreano, é tudo a mesma merda.

O chinês passa a encher o judeu de sopapo.

— Isso é por vocês terem afundado o Titanic.

— Mas quem afundou o Titanic foi um iceberg.

— Iceberg, Rosemberg, Tratemberg, é tudo a mesma merda.

— Como é que você sabe que um português usou o seu computador?
— Porque ele colocou corretor na tela.

BASTA!

Nós, chuteus, repudiamos este forma preconceituoso de trratarr nosso povo, a povo escolhida. Num livrro que custa mais de 10 dólares (!!!) com mais de 100 páginas, apenas algumas páginas são dedicadas à nossa comunidade. Isso querr dizer que nosso povo vale menosh de 10 centavos? Ora, quem vale menosh de 10 centavos são os terroristas palestinos sanguinárrias!

Assinado: MCC — Movimento dos Chuteus Circuncid... aaaiiiiiiii!!!

LOURA NÃO EXISTE, É SÓ UMA TINTURA QUE BOTAM NA SUA CABEÇA

Boiola transgressor é aquele que chupa o pau da barraca.

O que você faz pra uma loura rir no sábado?
Conte uma piada pra ela na quarta-feira.

Como morre o neurônio de uma loura?
Sozinho.

O que está fazendo uma loura quando tapa as duas orelhas?
Ela está tentando segurar o pensamento.

Como você sabe que um fax foi enviado por uma loura?
Quando tem um selo nele.

Por que as louras não comem bananas?
Porque elas não conseguem achar o zíper.

O que uma falsa loura e um crioulo têm em comum?

Ambos possuem raízes negras.

Por que as louras ficam confusas no banheiro feminino?

Porque elas mesmas têm que tirar suas roupas

Como uma loura faz para acender a luz após ter feito sexo?

Ela abre a porta do carro.

Como você mantém uma loura ocupada?

Escreva "vire por favor" nos dois lados de uma folha de papel.

Se uma loura e uma morena fossem jogadas de um prédio, qual chegaria primeiro ao solo?

A morena. A loura tem que parar pra perguntar a direção.

O que é uma loura com uma peruca morena? Inteligência artificial.

Quando é que uma loura burra tem dois neurônios?
Quando está grávida de uma menina.

Ventilador de pobre é helicóptero da polícia sobrevoando a favela.

Quadrinhos de quem não sabe desenhar

Blecaute em Portugal Por Raul Sonado

MANOEL, JOAQUIM, CAMÕES E COSPÉS

Atrás de um grande hímen sempre existe um erro de revisão.

Um português emergente estava numa festa da mais alta aristocracia europeia. Champanhe, caviar, orquestra de câmara, ambiente calmo e relaxado. O portuga estava participando de uma conversa (na verdade estava só escutando), quando uma jovem solta um peido pequeno, mas claramente registrado pelos presentes. Com um grande senso de oportunidade, um cavalheiro, sentado ao seu lado, diz:

— Senhores, eu sinto muito! Alguma coisa não me fez bem... Vou me retirar...

O português ficou deslumbrado com aquele sujeito. Que elegância, que valentia ao assumir a culpa de uma situação com a qual ele não tinha nada a ver. Imediatamente pensou em ter uma oportunidade de fazer algo similar. Sem dúvida, uma atitude como essa iria lhe render reconhecimento imediato de todos. Não precisou esperar muito. Quinze minutos depois, uma senhora, bastante obesa, fica de pé e solta um peido muito mais evidente e sonoro que o da jovem.

O português, numa atitude fulminante, gritou:
— Senhores, fiquem tranquilos! O peido dessa velha gorda aqui corre por minha conta!

O Manoel chega mais cedo do trabalho e pega a Maria na cama com o Joaquim, seu melhor amigo. Manoel fica puto da vida pega um revólver e aponta pra própria cabeça. Maria, vendo aquilo, começa a rir.

— Não ri, não, Maria, que a próxima é você!

O vôo 234 da British Airways sofreu uma pane sobre Portugal. O piloto, muito experiente, decidiu aterrizar no aeroporto mais próximo. Era um aeroporto moderno, recém-inaugurado que ficava perto de um povoado e todos os controladores eram novatos.

— Vôo 234 para a torre de controle. British 234 em emergência! Peço pista! Peço pista!

Silêncio. A torre não respondia.

— British 234 em emergência! Peço pista! Peço pista!

Nada, apenas o barulho de estática.

— Por favor, torre de controle! Já não tenho gasolina! Peço pista! Peço pista!

Finalmente se rompeu o som da estática e se pôde ouvir o controlador:

— Aqui vai uma pista: é redondo, negro, entra frio e sai quentinho. O que é?

Um português estava viajando pela América do Sul. Na Bolívia, ele se aproxima de um nativo e lhe pergunta:

— Desculpe, pá, você é boliviano?
— Sim, senhor.
— E o que estais a mastigar?
— O que pode ser? Coca!
— E a tampinha não lhe machuca?

Um português sequestra o filho do homem mais rico do Brasil. A família espera ansiosa por notícias, mas nada acontece. Passa um dia, nada. Passam dois dias, nada. Três dias, nada. Finalmente no quarto dia chega um pacote todo ensanguentado com uma orelha e um bilhete.

"Essa é a minha orelha. Se não cumprires as exigências, a próxima será a do teu filho!"

Três operários, um italiano, um árabe e um português, trabalhavam numa construção. Na hora do almoço os três se sentaram para comer suas marmitas lá no alto do prédio. O italiano falou:

— Todo dia macarrão! Eu não aguento mais! Se eu abrir essa marmita e tiver macarrão novamente, vou jogar tudo lá embaixo. — Ele abriu a marmita e era macarrão. O italiano ficou puto e jogou fora a marmita.

— Se eu abrir essa marmita e tiver quibe novamente, jogo essa merda fora — disse o árabe. Ele abriu a marmita e lá estava o quibe. O árabe, puto, jogou a marmita fora.

— Todo dia bacalhau. Eu não aguento mais! — disse o português e também jogou fora sua marmita.

— Mas peraí, ô português! — estranhou o italiano. — Tu jogou fora a marmita sem abrir. Como é que você sabe que é bacalhau?

— Ora, pois. Se sou eu mesmo que preparo meu almoço!

O Joaquinzinho estava com muita dificuldade para colocar sua cueca. Prontamente, sua mãe, a Maria, o ajudou.

— Ó, Joaquinzinho, toda vez que fores colocar uma cueca, é só lembrar: amarelo na frente, marrom atrás!

> Corno metido a besta é aquele
> que o chifre sobe à cabeça.

Supermercado em Lisboa. Um funcionário entra esbaforido perguntando quem era o dono de um Fusca vermelho. Um Manoel disse que era dele.

— Pois então corra lá que estão a roubar seu carro! — gritou o garoto do supermercado.

Manoel saiu correndo e voltou alguns minutos depois, suando e arfando.

— Então, pegou o ladrão? — perguntou o garoto.

Manoel respondeu, tirando um papel do bolso:

— Não, ele foi muito rápido. Mas consegui anotar a placa...

Um português vem andando na rua quando avista uma casca de banana a uns 10 metros de distância. Ele para e pensa:

"Ai, meu Deus, lá vou eu me fuder de novo!"

O português queria de qualquer maneira entrar para o *Guinness Book of Records*.

— Qual a diferença entre "ter orgasmo" e "gozar gostoso"?
— Mais ou menos cinco centímetros.

— Qual foi a sua façanha?
— Eu completei um quebra-cabeça em seis meses!
— E o que é que isso tem de mais?
— Olha aqui o que está escrito na caixa: de dois a quatro anos.

Joaquim estava deitado na cama lendo o jornal ao lado da Maria, que dormia. Volta e meia ele apalpava a buceta da Maria. Tanto fez que a Maria acordou.
— Que que tanto metes a mão na minha buceta, Joaquim?
— Não estou a meteire a mão na sua buceta, Maria. Estou apenas umedecendo o dedo para poder viraire a página do jornal!

O sujeito entrou numa loja.
— Quanto custa essa televisão?
— Quinhentos — respondeu o vendedor. — Mas para o senhor, que é português, fica por 350.
— Como é que o senhor sabe que eu sou português?
— É que isso não é uma televisão, é um forno de micro-ondas!

O casal de portugueses se casou. Mas eram muito pobres e tinham muita dificuldade para montar sua casa. Uma tarde, entraram numa loja.

— Olha, Maria, uma tábua de passar roupa!

Ele perguntou pro vendedor:

— Quanto custa essa tábua?

— Duzentos reais.

— Duzentos reais por uma tábua de passar roupa que eu levantaria com a ponta do meu pau?

— Ah, duvido! Essa eu quero ver.

— Aposta a tábua que eu consigo levantar ela com a ponta do meu pau?

— Tá apostado — disse o vendedor.

A loja toda parou pra ver. Joaquim abriu a braguilha, tirou o pau pra fora e conseguiu levantar a tábua de passar roupa com a ponta do pau. Ganhou a aposta e, feliz, levou sua tábua de passar roupa.

Nos dias seguintes Maria começou a perceber que o Joaquim estava apático, desligado, não queria fazer nada.

— Ô, Joaquim, tu és sempre tão fogoso, cheio de energia, agora estás aí desse jeito. Há uma semana que tu não me fodes, Joaquim!

— Calma, Maria! Não fiques preocupada. Estou só a me poupaire. É que eu estou de olho numa máquina de lavar roupa...

Seu Joaquim entrou na farmácia e pediu:
— Um quilo de naftalina, faz favoire...

O farmacêutico prontamente vendeu. Quinze minutos depois, volta o seu Joaquim e pede mais dois quilos de naftalina. O farmacêutico vendeu, meio sem entender. Meia hora depois, volta o seu Joaquim muito cansado e arfante e pede mais três quilos de naftalina. O farmacêutico não resistiu e perguntou:

— Peralá, seu Joaquim, com essa quantidade de naftalina dá pra matar um milhão de baratas!

E o portuga respondeu:

— Isso é pro senhoire que táim boa pontaria, ora pois...

Um prédio estava pegando fogo no centro da cidade, e a população estava desesperada, porque tinha uma garotinha prestes a cair do último andar. Os bombeiros estavam atrasados e a tragédia era iminente.

Foi quando alguém falou:

> Saiu o resultado do último exame antidoping do Maradona: Cocaína 3 x 0 Urina.

— Ei, vejam quem está aqui! É Joaquim Ferreira dos Santos, o famoso goleiro português! Só ele pode salvar a garotinha!

— Ora pois, deixe cá comigo que eu agarro a miúda! Pode se jogar, minha filha!

A garota se jogou do último andar, veio caindo em velocidade estonteante. Seu Joaquim calculou onde ela cairia e, mais do que depressa, fez uma ponte e agarrou a menina no ar.

Todos comemoraram:

— Muito bem, seu Joaquim! O senhor salvou uma vida!

E o português:

— Tudo baim. Mas agora eu tenho que repor a bola em jogo.

Quicou a garota três vezes no chão e depois deu um chutão.

Um português pega um avião e lá pelas tantas a aeromoça passa distribuindo chicletes.

— Pra que é isto? — pergunta o lusitano.

— Para que não tenham dor de ouvido quando mudar a pressão.

O voo transcorreu tranquilo, o avião pousou sem problema e, quando todos já estão desembarcando, o português desesperado procura a aeromoça.

— Pur favoire, eu já posso tirar os chicletes do ouvido?

O Manoel visita a casa de campo do Joaquim. Lá chegando encontra o Joaquim trabalhando no jardim.
— Está com algum problema no jardim?
— Ora pois, uma praga está infestando as minhas plantas.
— E o que estás fazendo?
— Estou colocando DDT.
— Ora, não sabes que DDT está proibido porque causa câncer?
— E eu lá estou preocupado de como vão morrer essas pragas!

— Por que a Branca de Neve foi expulsa da Disneylândia?
— Foi pega sentada no nariz do Pinóquio.

NA CAMA COM UMA DONA

Dois clitóris se encontram.
— Me disseram que você é frígida.
— São as más línguas...

Um sujeito cruza na rua com uma mulher maravilhosa, que surpreendentemente fala com ele:
— Lembra de mim?
— Peraí, não fala. Deixa eu ver... Paris, 69?
— Não, Saquarema, papai e mamãe e um pauzinho desse tamaninho!

O menino pergunta pro pai:
— Pai, o que é clitóris?

— Pô, meu filho, por que você não me perguntou ontem à noite? Eu tava com a resposta na ponta da língua!

Um espermatozoide pergunta pro outro:
— Quanto tempo falta pra gente chegar ao ovário?
— Relaxa, rapaz, a gente acabou de passar pelas amígdalas.

— Alô, Zeca, vou fazer uma suruba aqui em casa da melhor qualidade. Tá a fim de vir?
— Quantas pessoas vão?
— Se você trouxer sua mulher, são três!

CRIANÇA ESPERANÇA

Um cara chega num hotel cinco estrelas acompanhado de um sujeito baixinho e cabeçudo:

— Eu quero um quarto com duas camas! Uma pra mim e outra pro cabeção aqui!

Na mesma hora ele deu um tapão na cabeça do baixinho.

Na piscina do hotel, o sujeito pede ao garçom:

— *Cheesebacon-egg-salad* superespecial e coco gelado pra mim... Pão com ovo e Coca quente pro cabeção aqui!

Outro tapão na cabeça do baixinho.

Na suíte do hotel, o cara fala no telefone:

— Alô, Disque-puta? Dá pra mandar duas garotas? Uma linda de olhos verdes pra mim... E uma mocreia banguela pro cabeção aqui!

Mais um tapão na cabeça do baixinho.

Já de saída, na portaria do hotel, o sujeito fala com o porteiro:

— Vai botando as malas no carro! Esta lindona é a minha! Esta fudidinha é do cabeção aqui! — E tacou outro tapa na cabeça do baixinho.

O porteiro não resistiu e perguntou:

— O senhor tá aqui neste hotel há três dias e só faz maltratar este baixinho... O que é que o senhor tem contra ele?

E o sujeito:

— Com todo o respeito... A sua esposa é gostosinha e apertadinha?

— É — respondeu o porteiro.

— Pois a minha não é mais! Sabe por causa de quem? Por causa desse cabeção aqui!!!!!! — E lascou outro tapa na cabeça do baixinho.

O professor começa a sua aula.

— Hoje vamos falar de órgãos do corpo humano que são pares. Por exemplo: nós temos dois olhos, dois é par. Mariazinha, dê outro exemplo de órgãos pares.

— As orelhas — responde Mariazinha.

— Muito bem! Outro exemplo, Joãozinho.

— Os ovos.

O professor fica meio acabrunhado, mas aceita a resposta.

— Tudo bem, Joãozinho. Juquinha, outro exemplo.

— O pinto, professor.

— Peraí, Juquinha, nós só temos um pinto!

— O meu pai tem dois: um pequenininho que ele usa pra fazer xixi e um grandão que a mamãe usa pra escovar os dentes.

O menininho chegou perto do pai e, com um olhar supersério, perguntou:

— Pai, de onde eu vim?

"Ih, caralho", pensou o pai, "chegou o momento que eu temia. Como é que eu vou explicar pra ele, ai meu Deus!"

— Bom, meu filho — começou o pai, e ficou meia hora falando dos passarinhos, das abelhinhas, dos abelhinhos etc e tal.

O menino, supersério, ouvia a tudo atentamente. O pai acabou a explicação e perguntou:

— Entendeu? Mas por que você me perguntou isso?

— Eu queria saber, porque o Zezinho, filho do vizinho, disse que veio de Uberaba.

> O futebol é a pátria de chuteiras e o carnaval é a pátria sem sutiã.

O menininho voltou da escola e pediu à mãe pra levar a cachorrinha Fifi pra passear.

— Ah, meu filho, hoje não vai dar, porque a nossa cachorrinha está no cio.

— O que é cio, mamãe?

— O seu pai está na garagem, vai lá perguntar pra ele.

O menino foi até a garagem.

— Pai, eu quero levar a Fifi pra passear, mas mamãe disse que ela não pode porque está no cio.

O pai estava mexendo no motor do carro, e resolveu ajudar o filho. Pegou uma estopa, encheu de gasolina e passou na xoxotinha da cadelinha.

— Não se preocupe, que agora a Fifi pode passear sem nenhum cachorro importunar ela.

O menino foi passear e 20 minutos depois voltou sem a cadela.

— Ué, cadê a Fifi? — a mãe estranhou.

— Ah, ela ficou sem gasolina a uns dois quarteirões daqui. Mas não se preocupe não, que o cachorro do vizinho tá empurrando ela até aqui.

A mãe estava na cozinha fazendo o almoço quando a filhinha chegou.

— Mãe, de onde vêm os bebês?

— Bom, filhinha, mamãe e papai se conheceram e se casaram. Um dia eles se trancaram no quarto, se beijaram, se abraçaram e fizeram sexo.

— Sexo?

— É, filhinha, papai colocou o pênis dele dentro da vagina da mamãe. E aí a mamãe ganhou um bebê.

— Mas, mamãe, outro dia eu abri a porta do quarto de vocês e o papai tinha colocado o pênis dele dentro da boca da mamãe. O que você ganha quando faz isso?

— Joias, filhinha, muitas joias.

— O que disse o ator de filme pornô aposentado?
— Eu já fiz o meu pé de mesa.

OS CÃES LAVAM E A CARAVANA PASSA

Um urso e um coelho estavam cagando juntos na floresta. O urso chegou perto do coelhinho e perguntou:

— Ei, coelhinho, que pelo bonito você tem! Você não se importa se a merda manchar esse seu pelo tão branquinho?

— Não, por quê? — disse o coelhinho.

Daí o urso pegou o coelho e limpou a bunda com ele.

Naquela floresta, o beija-flor era o fodão. Mas depois de ter carcado toda a passarinhada da floresta, o beija-flor andava meio pra baixo. Até que um dia, ele avistou uma gigantesca bunda de elefante. Sem titubear, ele partiu pra cima da elefanta. Enquanto o beija-flor estava lá se esforçando, um macaquinho, em cima de uma árvore, estava assistindo a tudo.

— Olha só que beija-flor babaca! Vou sacanear!

Ele pegou um coco e tentou acertar no beija--flor, só que acertou foi na cabeça da elefanta, que soltou um grito altíssimo.

— Aaaahhhhhhhhh!!!

E o beija-flor, na mesma hora, respondeu:

— ISSO! GOZA, FILHA DA PUTA!!!!

A formiga estava voltando do trabalho, quando uma Mercedes passou em alta velocidade e jogou lama, molhando ela toda. O carro deu marcha a ré e a pessoa que estava no banco de trás tentou se desculpar:

— Mil desculpas, senhorita... Eu canso de pedir ao meu motorista que dirija mais devagar, mas ele... Ei! Não acredito! Dona formiguinha!!!! — A formiga ficou assustada, mas também reconheceu a voz:

— É você, cigarra?

A cigarra saltou do carro e foi falando:

— Minha amiga formiguinha, há quanto tempo! O que você me conta de novo?

E a formiga, muito humilde:

— Aquilo de sempre... trabalhando, sempre trabalhando. Trabalhando no verão e poupando no inverno... Mas parece que você está muito bem, né?

— Não posso me queixar... Depois daqueles tempos difíceis, que você deve se lembrar, eu fui pra Hollywood e acabei fazendo um puta sucesso como cantora country! Depois eu consegui fazer cinco filmes! E agora estou começando minha turnê europeia... Espanha, França, Alemanha, e por aí vai... Casa cheia e um cachê maravilhoso... E como você é minha amiga, formiguinha, pode pedir o que você quiser que eu trago da Europa pra você... Perfumes, um vestido do Gaultier, o que você quiser...

A formiguinha ficou pensando e disse:

— Olha, muito obrigada, eu agradeço sua gentileza, mas não vou querer nenhum desses presentes... Na verdade, eu queria que você me fizesse um favor...

— Claro! Pode pedir o que quiser!

E a formiga:

— Se você passar pela França, e, por acaso, encontrar um tal de La Fontaine... MANDA ELE PRA PUTA QUE O PARIU!!!!

O homem só serve pra três coisas, e pra duas já tem caixa eletrônico.

PIADAS DE LA FONTAINE

O PAPAGAIO E A RAPOSA

Estava uma raposa a passear pelo supermercado "O Leão e o Burro Camarada" quando, na seção de laticínios, deparou-se com o papagaio que *trazia em seu bico um pedaço de queijo estepe. Ao ver aquela mercadoria por apenas R$ 190,00 o quilo, a matreira raposa dirigiu-se à loquaz ave tropical, assim dizendo:*

— Graaaande papagaio! Certamente não existe em toda a natureza um pássaro que tenha o esplendor de tuas penas, tua elegância e tua beleza! Onde tu comprou esta plumagem tinha pra homem?

Ao que o papagaio, muito malandro, retrucou:
— Por que, por acaso quereis comprar uma igual para o vosso macho?

O PORTUGUÊS E O CORDEIRO

Certa feita, um pacato cordeiro bebia água num córrego límpido e cristalino que havia na floresta.

Enquanto o gracioso animal matava a sede, a poucos metros dali, num botequim rio acima, um português defecava abundantemente nas águas, ao lado de sua mulher, que lavava as partes para a bacalhoada de domingo.

O português, vendo o cordeiro, interpelou-o:
— Ó animal! Por que estás a sujaire a água que vou usar para fazeire a laranjada?

Da vida nada se leva. Mas, por via das dúvidas, é melhor levar uma rolha.

Ao que o manso cordeiro respondeu humildemente:

— *O senhor me perdoe, mas a acusação que me faz não tem o menor fundamento, segundo as leis da lógica.*

— *Lógica? Que porra de lógica é iesta?*

— *Por exemplo: o senhor tem aquário?*

— *Tenho* — *respondeu o lusitano.*

— *Então, pela lógica, podemos deduzir que o senhor deve ter crianças em casa. Se o senhor tem crianças em casa, então, pela lógica, o senhor deve ser casado. Se o senhor é casado, é sinal de que gosta de mulher. Então, pela lógica, se o senhor gosta de mulher, o senhor não é viado. Certo?*

— *É isto mesmo! Antão isto é que é lógica? Que maravilha!* — *O português parou, coçou a cabeça, e perguntou ao humilde e cartesiano animal:*

— *Diga-me lá uma coisa: tens aquário?*

— *Não* — *respondeu o ovino.*

— *Antão és veado!*

E comeu o cordeiro.

Tem muita feminista que gosta mesmo é de botar a boca no trombone.

O HOMI DU CAMPO VIVE CUM A INXADA NAS MÃO

Um ventríloquo chega a uma fazenda e começa a bater um papo com o fazendeiro.

— Bonita sua fazenda. Aquele cachorro ali, fala? — pergunta o ventríloquo apontando para um cachorro que estava por ali.

— Não — respondeu o fazendeiro. — Cachorro não fala.

— Cachorro, qual é o seu nome? — perguntou o ventríloquo.

— Meu nome é Rex, mas ele me chama de outra coisa — respondeu o cachorro.

— E ele te trata bem?

— Trata. Ele é carinhoso, me dá comida, passeia comigo. É ótima pessoa.

O ventríloquo pergunta então pro fazendeiro:
— E aquele cavalo, fala?

— Não! Claro que não!

— Cavalo, qual é o seu nome? — perguntou o ventríloquo pro cavalo.

— Meu nome é Ventania, mas ele me chama de outra coisa — respondeu o cavalo.

— E ele te trata bem?

— Trata. Ele é carinhoso, me dá comida, me trata bem. Ele é muito legal.

— E aquela cabrita, fala? — perguntou o ventríloquo pro fazendeiro, que rapidinho respondeu:

— Fala, mas é mentirosa pra caramba!

Uma loura maravilhosa vem dirigindo por uma estrada deserta, quando seu carro quebra. A estrada está completamente escura, a não ser por uma luzinha lá longe. Ela anda na direção da luz e chega a uma casa. Bate na porta e um capiau atende.

— Meu senhor, meu carro quebrou na estrada. Eu não sei o que fazer. Será que eu poderia dormir aqui esta noite até o dia clarear e eu conseguir alguma ajuda?

— Tudo bem — respondeu o capiau —, contanto que você não se meta com meus filhos João e Lucas.

Ela olha lá pra dentro e vê dois rapazes fortes sentados na sala. O capiau leva a loura pra um quarto nos fundos, e a acomoda por lá.

A moça tenta dormir, mas não consegue parar de pensar nos dois rapazes. No meio da noite ela não aguenta mais, se levanta e vai até o quarto dos rapazes.

— Meninos, vocês querem que eu lhes ensine as coisas da vida?

Os rapazes se animam.

— Mas tem uma coisa — explica a loura — eu não quero ficar grávida, então vocês vão ter que usar essas camisinhas.

O bicho come no quarto e no dia seguinte a loura conserta seu carro e vai embora.

Quarenta anos depois, João e Lucas estão sentados na soleira pitando seus cigarrinhos.

— João?
— Que é, Lucas?
— Você se alembra daquela loura que apareceu aqui uma noite?
— Alembro.

— Você se importa dela ficar grávida?
— Eu não!
— Eu também não. Vamo tirá essas porcaria?

Um capiau ia andando tranquilamente por uma estrada deserta, quando o coroné mais poderoso da região o intercepta.

Apontando uma arma pra cabeça do capiau, fala:

— Ocê vai comer meu cu, senão eu te mato!!

O capiau, muito assustado, respondeu:

— Sim sinhô, coroné!

E assim foi. Depois de acabar o serviço, o coroné fala bruscamente:

— Só tem uma coisa: ocê num vai contar nada disso pra ninguém, pruquê se contar... EU TE MATO!!!!

— Sim sinhô, coroné! — respondeu o capiau, apavorado.

O coroné ficou ainda mais irritado, deu três tiros pra cima e berrou:

— E agora se escafede daqui, seu merdinha!!!

Como diria o coelhinho da Páscoa:
— São os ovos do ofício.

O capiau só teve tempo de pegar o chapéu e sair correndo. Algumas semanas depois, um turista chega à cidade. Ele entra no bar, compra uma cerveja e começa a beber tranquilamente. De repente, ele ouve três tiros, fica assustado e pergunta pro dono do bar:

— O que é isso? Tiros? Emboscada? Tocaia? Me disseram que aqui era uma cidade pacata...

E o dono do bar respondeu sem se alterar:

— Ah, num é nada não... é só o coroné dando o cu de novo...

Em uma cidadezinha do interior, dois amigos conversavam na mesa de um bar.

— Rapaz, sabe aquele cara novo na cidade?

— Aquele sujeito feio pra cacete? Que ainda por cima é corcunda?

— Esse mesmo! O filho da puta anda comendo as mulheres mais gostosas da cidade!!

— Isso não pode ficar assim! Acho que a gente devia dar um pau nele!

— Calma... Em vez disso, vou tentar descobrir o segredo dele... Depois a gente dá um pau nele!

O sujeito ficou esperando o corcunda entrar no banheiro. Lá dentro ele puxou conversa:

— O amigo é novo na cidade, não é?

— É, deu pra notar, né? — respondeu o corcunda.

— E deu pra notar que você é o maior garanhão...

— É, pode-se dizer que eu faço um certo sucesso entre as mulheres...

O sujeito foi ficando intrigado:

— Mas não é pela sua aparência...

— Claro que não! — disse o concunda. — Acontece que eu tenho um pau muito bonito...

O sujeito ficou desdenhando:

— Rá! Rá! Não acredito! Não pode ser... Rá! Rá! Rá...

O corcunda tirou o pau pra fora e o mostrou ao sujeito, que ficou pasmo.

— Porra! Pera lá... O que é isso? Meu irmão, seu pau realmente é bonito pra caralho! Olha, desculpa, mas se eu tivesse um pau assim... Acho que eu iria viver chupando ele!

E o corcunda, na mesma hora, respondeu:

— E por que que você acha que eu sou corcunda??!!

**Carioca nem liga mais pra tiro.
Entra por um ouvido e sai pelo outro.**

ONDE AS PIADAS TÊM O CABELO MAIS CRESPINHO

No Brasil as pessoas só pensam em sexo.
Por isso que o Brasil não vai pra frente.
Vai pra frente e pra trás, pra frente e pra trás...

Três caçadores foram pegos como prisioneiros por uma tribo no coração da África e levados à presença do chefe.

— Se algum de vocês conseguir pedir algo que não possamos realizar — disse o chefe —, vocês terão a liberdade... Caso contrário, a pele de vocês será arrancada e faremos barquinho com ela!!! Vocês terão até amanhã cedo para pensar...

No dia seguinte, a tribo estava em festa! O primeiro prisioneiro foi levado até o centro da aldeia e fez o pedido:

— Eu quero o manto sagrado de Jesus Cristo!

O chefão disse pra um dos assistentes:

— Ô, rapaz, vai lá no setor de capas e mantos e me traz o sagrado... Em poucos minutos lá estava o manto. O caçador ficou indignado, mas o chefe mostrou uma declaração que autenticava o manto, assinada pelo papa. Rapidamente, os outros selvagens caíram na pele do caçador e fizeram dele um lindo barquinho...

O segundo caçador veio e pediu:

— Eu vou querer um pedaço da Challenger! A nave que explodiu! É isso mesmo... Rá! Rá!

Sem a menor preocupação, o chefe pede ao assistente:

— Ô, rapaz, vai lá no setor de astronáutica... não precisa trazer a nave toda não... traz só um pedaço...

Prontamente, o pedaço da nave estava lá, junto com uma carta da Nasa confirmando a autenticidade. O segundo caçador virou uma canoa.

Finalmente, veio o terceiro caçador. Diferente dos outros, ele estava mais tranquilo. Chegou pro chefe e disse:

— Eu quero um garfo!

— Um garfo? — retrucou o chefe. — Você tá maluco? A gente arranjou o manto sagrado, um pedaço da Challenger, e você pede um garfo!!!!

— Eu quero um garfo — insistia o caçador.

O chefe ficou indignado:

— Você não tem amor à vida? Vai desperdiçar sua única chance??!!

— Eu quero um garfo! — repetiu o caçador.

E o chefe não teve saída:

— Tá bem, você é que sabe... ô, rapaz, dá logo um garfo pra ele...

O assistente chegou com o garfo. O caçador pegou o garfo e, de repente, começou a furar o corpo todo e a repetir:

— Barquinho é a puta que o pariu! Barquinho é a puta que o pariu! Barquinho é a puta que o pariu!

Reunião no Itamarati. Dois diplomatas africanos conversando.

— É es-trom-bo!
— Nada disso! É es-trôm-ba-go!
— É estrombo!
— Estrômbago!

Nisso chega um diplomata inglês e explica:

— Senhores, não é estrombo nem estrômbago: é estômago. Es-tô-ma-go!

Assim que o inglês vai embora, um dos africanos se vira pro outro:

— Que cara besta! Você acha que ele tá certo?

— É claro que não! Duvido que esse cara já tenha ido à África! Imagina se ele vai saber qual é o barulho que faz o peido de um hipopótamo!

Um explorador estava perdido no interior da África quando é encontrado por alguns nativos que o levam até sua tribo. Logo ao chegar à tribo ele ouve uns tambores tocando. A batucada não para nem um segundo. Depois de algum tempo ele ganha a confiança de um dos selvagens e consegue falar com ele.

— Por que esses tambores não param de tocar?

— Tambor parar muito ruim! — responde o selvagem.

Durante o almoço, o explorador consegue perguntar pro chefe da tribo:

— Os tambores não vão parar de tocar?

— Não! Tambor parar muito ruim!

No final do dia os tambores continuam tocando e o explorador não aguenta mais. Mais uma vez ele pergunta a um nativo:

— Esses tambores não vão parar mais?

— Não! Tambor parar muito ruim!

A noite toda os tambores continuam tocando. O explorador não aguenta mais. Ele levanta, cerca um nativo, agarra ele e pergunta desesperado:

— O que acontece quando os tambores param de tocar?

— Solo de baixo!

Um viajante está andando por uma região da África infestada de canibais. De repente, no meio da mata ele se depara com uma loja, superchique, especializada em cérebros humanos. Ele pergunta pro vendedor:

— Meu amigo, uma loja, no meio da selva, vendendo cérebros?

— É a globalização. Não dá pra ficar parado. Tem que se especializar.

— E quanto custa um cérebro?

— Depende. Cérebro de artista é 10 dólares o quilo, cérebro de filósofo custa 15 dólares o quilo, de cientista sai por 20 dólares o quilo e de economista é 50 dólares o quilo.

— Nossa! Peraí, o quilo do cérebro de economista é mais caro do que o de filósofo ou cientista?
— Tá brincando? Sabe quantos economistas você tem que matar pra conseguir um quilo de cérebro?

> O sexo é o único lugar onde o pobre ainda consegue entrar de graça.

OLIMPÍADAS

Certo dia, a Comissão Organizadora dos Jogos Olímpicos acordou de mau humor e mandou que todos os desportistas viessem até a sede do COI trazendo seu equipamento, obrigando todos os atletas a enfiá-lo no cu. O Bocage da delegação de tênis de Portugal chamou a atenção de todos, pois ria às bandeiras despregadas enquanto ia introduzindo as bolas de tênis no rabo. Intrigados com a estranha reação do renomado atleta lusitano, os dirigentes perguntaram:

— O que tu tá rindo aí, fela da puta?

Ao que o Bocage respondeu, rindo:

— Rá! Rá! Rá! É que os próximos são a equipe de salto com vara iugoslava e a delegação de canoagem da Noruega.

Um halterofilista tcheco estava desfilando pela Vila Olímpica vestindo um agasalho cor-de-rosa quando se aproximou dele um ginasta romeno, que perguntou malicioso:

— Onde você comprou esse agasalho tinha pra homem?

E o halterofilista:

— Por quê? Você quer comprar um pra sua nadadora alemã?

Uma nadadora alemã com 3 metros de altura estava na beira de uma piscina olímpica quando se aproximou dela uma jogadora de pingue-pongue chinesa com 1,20m de altura que lhe perguntou:

— Ei, nadadora alemã! Será que dava pra você me levar até o outro lado da piscina?

Atendendo ao apelo da tenista de mesa asiática, a nadadora alemã colocou-a dentro de seu suporte atlético e foi nadando de costas até a outra margem da piscina. Lá chegando, a pequena chinesa, fazendo mil mesuras e salamaleques, agradeceu o gesto da colega tedesca:

— Muito obrigada, non?

Ao que a corpulenta germânica respondeu:

— Obrrigado, nada! Vai abaixando o rrecorde panamericano!

A equipe de basquete feminino do México estava num avião, a caminho de Seul, quando foi servido um pequeno lanche à base de buchada, mocotó, dobradinha e enchiladas con chilli. Passado algum tempo, uma das atletas da terra de Zapata começou a passar mal e a vomitar abundantemente.

Preocupado, um fundista venezuelano que assistia à cena virou-se para o chefe da delegação mexicana, que segurava a cabeça da jovem, e perguntou:

— Foi comida?

Ao que o dirigente mexicano redarguiu:

— Foi, mas casa amanhã com uma nadadora alemã na Vila Olímpica. Traje esporte completo.

Um maratonista português estava na Vila Olímpica fazendo queda de braço com uma nadadora alemã quando foi abordado por um juiz de pista que lhe disse, esbaforido:

— João Gilberto! Vai correndo, até o Rio de Janeiro tomar uma injeção pra gripe.

O lusitano saiu desembestado na direção do Rio de Janeiro. Quando estava no meio da Baía de

Guanabara, o português caiu em si e perguntou-se, intrigado:
— Ora pois! Eu não me chamo João Gilberto, não estou gripado, não sou maluco e nunca influenciei ninguém! Quero meu dinheiro de volta!

Nas últimas Olimpíadas o representante de Portugal foi fazer o discurso inaugural:
— O... O... O... O...
— Desculpe — interrompeu o representante do COI —, mas os aros olímpicos não se leem.

— Qual é o contrário de deitado no sofá vendo televisão?
— Em pé na pia lavando louça.

PARA MEIO ENTENDIDO, MEIA PIROCA BASTA

Astolfo Resende era um homem como outro qualquer... Até que um dia acordou com uma estranha anomalia que iria mudar sua vida...

— Céus! Quéisso! Nasceu um pau na minha testa! Astolfo, então, correu para um médico:

— Doutor, é grave?

E o médico:

— Você... Gosta de ler?

— Se eu o quê? Eu faço um monte de exame, chapa disso e daquilo, eletroencefalograma, tomografia computadorizada, e o senhor me pergunta se eu gosto de ler????

> **O pior filme pornô é aquele que é feito nas coxas.**

Indignado, Astolfo correu para um outro especialista, desta vez um pai de santo, que perguntou:

— Mizifio, gosta de lê?

— Pô, painho! Matei bode, acendi vela, recebi santo, pra você me dizer a mesma coisa que o médico????

E Astolfo então resolveu apelar para os técnicos do Primeiro Mundo. Ele foi até o laboratório da Nasa. Depois de muitos exames, testes, experiências, um cientista perguntou:

— O senhor gosta de ler, mr. Resende?

Aí, Astolfo não aguentou:

— Porra! Eu pago 10 mil dólares pra vir aqui! Pra um cientista me dizer a mesma coisa que um pai de santo e um médico qualquer?! Afinal, o que interessa se eu gosto ou não de ler??!!!

E o cientista:

— É que quando nascerem as bolas... Você não vai conseguir mais ler porra nenhuma...

O cara queria casar com uma mulher, mas fazia questão que ela fosse virgem. Ele então pensou: "Como vou saber se uma mulher é virgem? Ah, já sei! Se ela for virgem mesmo, ela não tem a menor ideia do que é uma piroca!"

Então, com toda mulher que namorava, ele fazia o teste, mostrando o pau. Se a mulher reconhecesse, ele já dispensava. Passou anos procurando uma mulher e todas já tinham visto a coisa.

Até que um dia conheceu uma moça muito casta e pura. Quando mostrou a peia pra moça ela ficou espantada. A cara dela era realmente de quem não tinha a menor ideia do que era aquilo. Felicíssimo, ele casou com a moça. Na lua de mel ele ficou nu e, curioso, perguntou:

— Você não sabe mesmo o que é isso?
— Não.
— Você não sabe nem o nome disso?
— Não.
— O nome disso é piroca!!!
— Piroca! Nossa, eu pensava que piroca era maior e preta.

Em 1945, a França comemorava a libertação e a expulsão dos nazistas de Paris. Eu era apenas um jovem estudante e saí para comemorar a data nas boates de Pigalle.

Uma delas me chamou muito a atenção. Anunciava o show do Grande Gungala, um percussionista africano. O show de Gungala era impressionante, mas o grande momento ele guardava pro final... Primeiro ele colocava uma amêndoa sobre o atabaque... E depois, com um golpe certeiro de seu pênis avantajado, partia a amêndoa em duas partes iguais!

Aquele indescritível espetáculo ficaria para sempre gravado em minhas retinas cansadas.

Quarenta anos depois, eu voltei a Paris. Era agora um executivo em viagem de negócios e, por acaso, passei naquela mesma rua. Lá estava o cartaz. Perguntei pro porteiro:

— Por favor, esse Gungala é o mesmo que fazia um show aqui na época da guerra?

— É o mesmo show, meu amigo. Esse é o grande Gungala!

Tive que entrar pra ver. Gungala já estava velho, mas o mais impressionante era que agora ele quebrava um coco com o pênis!

Depois do show, não resisti e fui ao camarim...

— Seu Gungala, eu sou seu fã! Vi seu show em 1945. Naquele tempo, o senhor quebrava uma amêndoa!

Gungala começou a chorar.

— O que foi, seu Gungala? Aconteceu alguma coisa?

— Pois é, que decadência! Hoje em dia não consigo mais enxergar a amêndoa...

Provérbio gay:
Nada como um gay atrás do outro.

PIADAS DE FUTEBOL DE SALÃO*

Dois baianos conversando:
— Vê aí, meu rei, se eu estou com a braguilha aberta?
— Tá não.
— Ah, então eu vou deixar pra mijar amanhã.

Um sujeito vinha andando por uma praia quando vê uma mulher numa cadeira de rodas chorando. Ele se aproxima consternado.
— Por que você está chorando, minha filha?
— Não é nada não, moço.
— Pode dizer. Eu estou aqui para ajudá-la.

---

* Pela nova determinação da Fifa, as piadas de futebol de salão passam a ser chamadas de piadas de futsal.

— É que... eu nunca fui beijada.

O sujeito rapidamente abraça a moça e a beija apaixonadamente. Ela fica maravilhada.

Um ano depois o sujeito está andando pela mesma praia, quando avista novamente a moça da cadeira de rodas chorando.

— Chorando de novo, minha filha?
— Não é nada não, moço.
— Pode se abrir comigo.
— É que... eu nunca fui fudida.

Ele rapidamente a pega no colo, carrega a moça até o final de um píer e a joga no mar.

— Tá fudida!

Três adolescentes resolveram passar suas férias numa estação de esqui. Como chegaram tarde da noite à estação, eles não conseguiram arranjar lugar pra dormir. Finalmente, depois de rodar a cidade inteira, acharam vaga num hotel, mas quando chegaram ao quarto perceberam que só havia uma cama grande de casal. Como era só por uma noite, os três resolveram dormir juntos.

Na manhã seguinte, o garoto que dormiu na parte esquerda da cama falou:

— Cara, eu tive um sonho estranho. Sonhei que uma mulher ficava a noite toda com a mão no meu pau.

— Pô, eu também sonhei que uma mulher ficava me patolando a noite toda — disse o que dormiu do lado direito da cama.

O cara que dormiu no meio falou:

— Eu não, eu sonhei que estava esquiando, esquiando...

Um grupo de pescadores está na beira do rio conversando quando chega uma senhora e começa a pescar. Ninguém estava conseguindo pescar nada, mas a senhora começou a pescar um monte de peixes, todos enormes. Os pescadores ficam admirados. No dia seguinte, a cena se repete: ninguém pesca nada, só a mulher, que pesca uma cacetada de peixes. No terceiro dia, um dos pescadores resolve perguntar pra mulher qual era o segredo dela.

— É muito simples — respondeu ela. — Toda manhã, logo que eu acordo, abaixo as calças do meu marido. Se o pinto estiver apontado pra esquerda, eu jogo a linha pra esquerda; se estiver apontado pra direita, jogo a linha pra direita.

— E se estiver apontado pra cima?

— Eu não venho.

> — Qual é a última coisa que um baterista diz pra sua banda?
> — Aí, galera, vocês querem ouvir agora as minhas músicas?

— De quem é esse ouvidinho? De quem é esse narizinho? De quem é essa mãozinha? De quem é esse pezinho?
— Ah, doutor, não sei, esse depósito de cadáveres tá uma bagunça do caralho!

No funeral de um operário de obra, um homem, desconhecido da família, chora copiosamente. A mulher do defunto se aproxima e pergunta.
— Era seu amigo?
— Era.
— E gostava de você?
— Demais. Suas últimas palavras foram pra mim.
— Ah, é? E quais foram?
— Mariano, não mexe no andaaaaime!

> — Qual a diferença entre viado e homossexual?
> — Homossexual é quando é o seu filho. Quando é o filho do vizinho, é viado.

Um sujeito encontra o amigo todo machucado, cheio de hematomas e feridas.
— O que houve, rapaz?
— É que eu apertei o peito da minha mulher.
— Ora, eu também aperto o peito da minha mulher, mas ela gosta, fica excitada, me faz carinho...
— Quando você aperta o peito com a porta do carro também?

PIADAS DE SALÃO, TRÊS QUARTOS, VARANDA E DEPENDÊNCIAS DE EMPREGADA

Um psicólogo fazia uma entrevista para admissão em um emprego. Entrou o primeiro candidato.

— O senhor pode contar até dez, por favor? — pediu o psicólogo.

— Dez, nove, oito, sete, seis, cinco, quatro, três, dois, um.

— Que isso?

— Ah, o senhor me desculpe, mas é a força do hábito. É que eu trabalhava na Nasa.

Entra o segundo candidato.

— O senhor pode contar até dez? — pede o psicólogo.

— Um, três, cinco, sete, nove, dois, quatro, seis, oito.

— Que isso?

> **Quem não tem cu não come repolho.**

— Ah, desculpe. É que eu era carteiro e estava acostumado a ver os números pares de um lado da rua e os ímpares do outro.

Entra o terceiro candidato. O psicólogo pergunta:

— Qual era a sua profissão antes de tentar esse emprego?

— Funcionário público.

— E o senhor pode contar até dez?

— Claro. Um, dois, três, quatro, cinco, seis, sete, valete, dama, rei.

Uma professora pergunta a seus alunos:

— Se existem cinco passarinhos em um galho e você atira em um, quantos sobram?

— Nenhum — responde Juquinha. — Todos saem voando com o barulho da pistola.

A professora fica surpresa com a resposta.

— Não era essa a resposta que eu esperava, mas... eu gosto do seu jeito de pensar.

— Posso fazer uma pergunta pra senhora? — pediu Juquinha.

— Pode, Juquinha.

— Existem três mulheres sentadas em um banco comendo picolés. Uma está lambendo, outra está chupando e a terceira está mordendo. Qual delas é casada?

A professora fica vermelha e responde timidamente:

— A que está chupando.

— Não, a casada é a que tem anel no dedo, mas eu gosto do seu jeito de pensar.

Um náufrago estava numa ilha deserta há um tempão. De repente, ele viu um navio no horizonte... Mas a sorte o tinha mesmo abandonado: o navio explode e afunda bem perto da ilha.

Eis que um braço surge das águas pedindo socorro. O náufrago se joga na água, salva a pessoa e a leva pra ilha. Chegando lá, ele descobre quem era: Angelina Jolie!

Muito agradecida, ela fala pro náufrago pedir o que ele quisesse que ela faria. É claro que, sozinho naquela ilha, sem mulher, ele não pensou duas vezes:

— Eu quero transar com você!

E assim foi durante dias e noites... Até que um dia, já muito cansada, Angelina pediu pro náufrago pedir alguma coisa diferente que ela faria da mesma forma. Sem hesitar, o náufrago pegou um baú de roupas antigas e vestiu a atriz de paletó e gravata.

— Vamos brincar assim — ele explicou. — Nós somos velhos amigos que não se veem há muito tempo. Cada um vai para um lado da ilha e sai andando, até a gente se encontrar no meio. Tá?

A Angelina achou estranho, mas concordou.

Depois de algumas horas os dois se encontraram, e o náufrago já foi dizendo:

— Ei, é você? Ô rapaz, que bom te encontrar aqui! Você não sabe da maior...

Ela entrou na brincadeira:

— O quê? Me conta! Me conta!

E o náufrago, orgulhoso:

— Tô comendo a Angelina Jolie!

O piloto fez a decolagem com tranquilidade, colocou o avião em velocidade de cruzeiro e falou pelo sistema de som pros passageiros:

— Aqui fala o comandante da aeronave. O nosso tempo de voo até Paris será de 11 horas, o tempo está bom e o nosso voo deve ser bastante tranquilo.

Mas o voo estava realmente tão tranquilo que o comandante esqueceu de desligar o microfone. Virou-se pro copiloto e falou:

— Agora eu vou ligar o piloto automático, tomar um cafezinho e comer aquela aeromoça gostosa.

Todo mundo no avião ouviu. A aeromoça, vermelha de vergonha, saiu correndo pelo corredor para avisar que o som estava ligado, mas foi parada por um passageiro.

— Calma, minha filha, não precisa correr. Ele ainda vai ligar o piloto automático e tomar um cafezinho.

— Sabe aquela do passarinho sem cu?
— Deu um peido, explodiu.

PROCTOLOGISTAS E OUTROS MEDICUZINHOS

O médico estava andando no hospital quando uma enfermeira perguntou:

— Ei, doutor, por que o senhor está com um supositório atrás da orelha?

— Ih, caralho! Algum cu deve estar com a minha caneta!

Um sujeito vai a um médico português.

— Doutor, estou com uma dor aqui.

— Ah, não preciso nem examinaire, o senhor tem que operar apendicite.

— Que isso doutor? Eu quero uma segunda opinião!

— Segunda opinião? Então eu também opino que o senhor é muito feio.

— Doutor, depois da operação eu vou poder tocar guitarra?
— Claro, perfeitamente. Não só tocar guitarra, como em três dias o senhor já vai estar trabalhando normalmente.
— Ah, doutor, o senhor é bom demais. Além de me ensinar a tocar guitarra, ainda vai me arranjar um emprego.

— Por que os proctologistas portugueses metem dois dedos no cu em vez de um só, como os demais?
— Não sei.
— Para ter uma segunda opinião.

— Doutor, quando eu era solteira, eu tive que abortar seis vezes, e agora, que estou casada, não consigo engravidar.

> **— Qual é o melhor lugar pra se esconder dinheiro de uma francesa?**
> **— Debaixo do sabonete.**

— É simples, minha filha. Você não está conseguindo reproduzir em cativeiro.

— Doutor, eu tenho um caso agudo de herpes genital, sífilis, peste bubônica, meningite e AIDS.
— Perfeitamente. Não se preocupe que lhe internaremos num quarto particular e lhe ministraremos a dieta da pizza.
— Mas, doutor, pizza? Isso vai me curar?
— Não, mas é a única coisa que dá pra passar por debaixo da porta.

O médico se aproxima do paciente.
— Eu tenho uma notícia boa e uma má. Qual você quer primeiro?
— A má, doutor.
— Essa operação que eu vou fazer no senhor é só pra constar. O senhor tem só mais dois dias de vida.
— E a boa notícia, doutor?
— Tá vendo aquela enfermeira gostosona ali? Tô comendo!

O médico se aproxima do doente moribundo.

— Meu amigo, eu tenho uma péssima notícia pra te dar. Você só tem quatro minutos de vida.

— Quatro minutos, doutor? E o senhor não pode fazer nada?

— Em quatro minutos? Bom, se você quiser eu posso fazer um ovo quente.

MÉDICO — O senhor tem seis meses de vida.
PACIENTE — Ai, meu Deus, e se eu não conseguir pagar sua conta nesse tempo?
MÉDICO — Aí eu te dou mais seis meses.

O paciente foi ao médico se consultar. Depois de alguns exames, o doutor disse:

— O senhor não está muito bem. Qual é a sua dieta?

— Bom, doutor, eu costumo comer bolas de sinuca. Eu acordo e como duas amarelas no café da manhã. Almoço uma vermelha e duas rosas. No lanche eu como uma azul e no jantar uma marrom e três pretas.

— Sabe qual é o seu problema? — diagnosticou o médico. — O senhor não está comendo verde.

Um sujeito teve sua perna amputada. Um dia após a operação o médico entra no quarto do perneta.

— Tenho uma notícia boa e uma má, qual você quer que eu dê primeiro?
— A má, doutor.
— Nós amputamos a perna errada.
— Ah, não! E qual é a notícia boa?
— A outra perna está bem melhor.

PACIENTE — Doutor, está doendo aqui.
MÉDICO — Bom, temos que fazer um exame de sangue e outro de urina para ver...
PACIENTE — Peraí. Eu sou veterinário e é só dar uma olhada nos animais que eu já sei o que eles têm!
MÉDICO — Se você quiser, eu te dou uma receita, e se as coisas não saírem bem, nós te sacrificamos.

— Qual a grande arma da mulher mexicana para o controle da natalidade?
— A própria cara.

Um sujeito vinha andando pela rua de uma maneira muito estranha: ele vinha com as pernas coladas uma na outra, os joelhos dobrados, quase se arrastando. Dois médicos que cruzaram com ele começaram a discutir.

— Olha lá, um típico caso de problema na próstata.

— De jeito nenhum! Deve ser hemorroida.

Eles discutem por um tempo até que resolvem conversar com o sujeito.

— Meu amigo, nós dois somos médicos e estamos discutindo sobre o seu caso. O senhor tem problema na próstata ou hemorroida?

— Nenhum dos dois. É que eu pensei que era um peido.

Devido a uns probleminhas, o médico receitou hormônio masculino para uma mulher. Algum tempo depois ela volta ao consultório.

— Doutor, estou preocupada com os efeitos colaterais do hormônio. Estão nascendo uns pelos em lugares onde eu nunca tive pelos antes.

— Ah, não se preocupe. É um efeito perfeitamente natural e passageiro do hormônio. Onde exatamente estão nascendo esses pelos?

— Nos ovos.

PIADAS SOFISTICADAS

Certa feita, um rico empresário da aristocracia paulistana degustava um prato de escargot à bolonhesa no finíssimo restaurante "Un, Deux, Trois" quando repentinamente defrontou-se com um tufo de pelos púbicos boiando em seu delicioso repasto. Ruborizado, o empresário discretamente chamou o maître d'hôtel e lhe confidenciou:

— O senhor queira me desculpar, mas devido a este fato lamentável serei obrigado a fazer uso de minhas influências em Brasília para lacrar as portas desta porra.

Tempos depois, quando o estabelecimento já havia fechado as portas, o ex-maître ganhava a vida como limpador de latrinas na embaixada de um renomado país, e, um dia, ao entrar no salão nobre do banheiro oval, qual não foi sua surpresa ao avistar seu antigo cliente, o aristocrático empresário paulistano, degustando sofregamente o molusco da embaixatriz.

Não contendo seu rancor, disse então o maître de latrine:

— Por causa de um tufo semelhante ao que Vossa Excelência agora abocanha, tive meu estabelecimento fechado e sofri uma vertiginosa queda na escala social.

Polidíssimo, o empresário evitou o confronto verborrágico com o limpador de latrina, pois lembrou-se da educação esmerada que sua mãe havia lhe dado nos melhores colégios da Suíça, e educadamente obtemperou:

— É, mas se achar um macarrão no meio desta pentelheira, tu vai pra rua agora, ô filho da puta!

Um português inteligente encontrou-se com um malandro da Unicamp que queria lhe vender um urubu pintado de verde dizendo que era uma coleção encadernada das obras completas de Wittgenstein. Ao que o brilhante luso redarguiu:
— Qual Escola de Frankfurt qual nada! Isto é papo de quem quer tomar no Foucault!*

---

* In *A Estrutura Ausente da Epistemologia Lusitana — Uma Abordagem à Gomes de Sá*. Editora Civilização Portuguesa. Trás-os-Montes, 1923.

Um dia, no 97º Salão de Humor de Piracicaba, um cartunista português mostrou para a comissão julgadora um desenho de um urubu pintado de verde e disse que era um papagaio. O presidente da comissão julgadora, vendo o desenho, exclamou:

— Mas isso não é um papagaio! É um urubu pintado de verde!

Ao que o cartunista luso respondeu:

— Ora, pois, pois. É que eu não sou muito bom em charge política.

— Como saber se um pirata é surfista?
— Ele está usando dois tapa-olhos.

QUANTO MAIS CLARK KENT MELHOR

O português estava andando pelo bosque quando de repente apareceu um cavaleiro mascarado, vestido de preto, com uma capa enorme. O mascarado pediu que o portuga desse todo o dinheiro, mas ele se negou. Então, o mascarado sacou a espada e com um movimento rápido marcou um enorme Z no tronco de uma árvore.

— Sabe agora quem eu sou? — perguntou o mascarado.

— Claro, claro, tome o meu dinheiro, Zuperman.

Do alto do Empire State Building, um dos edifícios mais altos do mundo, um pacato cidadão olhava a vista tranquilamente. Foi quando um bêbado, muito bêbado, falou com ele:

— Essas correntes de ar aqui são foda! Olha só...

E o bêbado subiu no parapeito e deu um salto. O outro ficou desesperado:

— Que é isso, seu maluco!

Ele deu uma boa olhada e viu que o bêbado estava flutuando no ar:

— Mas isso é inacreditável! Como é que você faz isso?

E o bêbado:

— Não é preciso prática e nem tampouco habilidade, você pode tentar também...

— É mesmo! Eu vou tentar agora!

— Vai lá, xará! Toma distância e pula!

E o cara se empolgou:

— Eu vou! É um... É dois... E é TRÊS!!!!!

O sujeito saltou e foi direto pro chão, se arrebentou lá embaixo. Um tumulto logo se formou pra ver o sujeito estatelado na calçada.

O porteiro do prédio, já muito desconfiado, viu o bêbado descendo pelo elevador, reconheceu a figura e disse:

— Porra, Super-Homem, você quando bebe fica escroto pra caralho, hein?

— Por que italiano não faz churrasco?
— O macarrão não para no espeto.

SE ME VIRES ATRACADO COM MULHER FEIA, PODE DEIXAR QUE É A MINHA PATROA

Um casal entra num motel muito empolgado. O marido vira e fala:

— Querida, hoje eu trouxe você aqui porque quero fazer algo diferente. O negócio é o seguinte: você vem correndo daquela ponta, eu vou correndo daqui, a gente engata no ar e depois cai na cama...

— Que loucura! Você planeja cada uma! Vai ser uma noite inesquecível! — animou-se a mulher.

— Então, vamos nessa! É um! É dois! E é...

Eles saem correndo cada um de um lado, saltam, mas na hora dos dois se encontrarem no ar, eles passam direto um pelo outro e o cara sai voando pela janela, até cair na piscina...

Vinha passando um funcionário e ele pediu ajuda:

— Ei, meu amigo, me arranja uma toalha pra eu sair daqui!

— Pode sair, não tem problema... — o outro respondeu.

O marido ficou puto e reclamou:

— Porra, mas eu tô pelado! Me ajuda aqui!

— Pode sair assim mesmo, não tem ninguém aqui! Tá todo mundo lá no 103 vendo uma mulher que ficou enganchada na maçaneta!

Um casal de ceguinhos se casa. Na lua de mel o ceguinho combina com a ceguinha:

— Meu amor, quando você quiser fazer sexo, você puxa duas vezes o meu pau.

— E quando eu não quiser, benzinho?

— Puxa cinquenta vezes de forma ritmada.

A mulher já havia se casado e se divorciado seis vezes, mas sempre acontecia algo estranho nos seus relacionamentos. Então, ela resolveu colocar um anúncio no jornal pedindo homens que não batessem nela, não fugissem dela e que fossem bons de cama. Um dia, ela estava em casa, sentada, quando ouviu a campainha. Ela se levantou e foi até a porta:

— Quem é?

— Eu vim por causa do anúncio no jornal.

— Como eu posso saber que você está qualificado?

— Eu não tenho braços, então não posso bater em você. Eu não tenho pernas, então não posso fugir de você...

— E como vou saber que você é bom de cama?

— Com o que você acha que eu toquei a campainha?

— Cheguei em casa e encontrei minha mulher dando pro meu melhor amigo.

— Que absurdo! E você não tomou nenhuma medida?

— Como eu ia tomar medida se o cara tava enfiado até o fundo?

— **Qual a diferença entre uma tábua de passar e uma modelo e atriz?**
— **É mais difícil abrir as pernas de uma tábua de passar.**

José se casou com Mariazinha. Ele não sabia, mas Mariazinha havia passado de mão em mão antes de conhecê-lo, era a maior galinha da cidade. Eles passaram a noite de núpcias no hotel do povoado. Como em todas as aldeias as pessoas são muito intrometidas, logo todo mundo se amontoou na porta do quarto pra escutar o que se passava. A primeira coisa que ouviram foi José dizer:

— Vou te beijar como nunca, Mariazinha...

Do lado de fora corria o buchicho:

— Ele vai beijá-la! Ele vai beijá-la!

— Agora vou abraçá-la como nunca, Mariazinha...

— Ele vai abraçá-la! Ele vai abraçá-la!

— Agora, vou fazer o que ninguém nunca te fez antes, Mariazinha....

— Meu Deus! Ele vai matá-la! Ele vai matá-la!

O casal já estava casado havia 50 anos. E durante todo esse tempo a mulher teve uma caixinha que não abria de jeito nenhum na frente do marido. Aquele era o único segredo que o casal mantinha depois de tanto tempo de convivência. No dia em que eles completaram 50 anos de casados, o marido finalmente conseguiu convencer a mulher a abrir a caixa. Ele abriu e encontrou três grãos de milho e 50 mil dólares.

— Por que três grãos de milho? — perguntou o marido.

— É que cada vez que eu te traí, eu coloquei um grão de milho na caixinha.

O marido primeiro ficou superchateado, mas depois pensou um pouco e concluiu que três traições em 50 anos até que era pouco. Ele mesmo tinha feito xixi fora do penico umas três vezes também.

— E os 50 mil dólares, minha velha, como você conseguiu?

— É que cada vez que eu enchia a caixinha eu vendia o milho.

Um casal em lua de mel.

— Meu amor, vamos ter três filhas.

— Como é que você sabe, meu bem?

— É que elas estão morando na casa dos meus pais.

A namorada telefona pro namorado:

— Oi, benhê, vamos ao jogo? Eu compro mate e pipoca pra você, seguro no teu pau e você assiste ao jogo.

— Legal — responde o namorado.

Logo que ele desliga, o telefone toca de novo. Era a ex-namorada:

— Vamos ao jogo? Eu compro mate e pipoca pra você, seguro no teu pau e você assiste ao jogo.

Ele topa, desliga o telefone e, rapidamente, liga pra namorada.

— Olha, o seu convite é muito legal, mas eu vou ao jogo com a minha ex.

— Mas o que que ela tem que eu não tenho?

— Mal de Parkinson!

Um casal estava na lua de mel. Os dois muito nervosos, a moça diz que vai ao banheiro vestir algo mais confortável. No banheiro, se olhando no espelho, ela pensa:

"Meu Deus, como é que eu vou contar a ele esse meu terrível segredo? Como é que eu explico esse bafo desgraçado que eu tenho?"

Enquanto isso, o rapaz na cama, esperando por ela, também está pensando:

"Ai, meu Deus, como é que eu explico a ela esse meu segredo? Como é que vou contar pra ela que eu tenho um chulé de lascar?"

Ela sai do banheiro, deita-se ao lado do rapaz e começa a tentar se explicar.

— Olha, antes de nós consumarmos nosso casamento, eu queria te contar um segredo...

— Já sei — interrompe o rapaz. — Você comeu minhas meias!

Antes do casamento, o pai teve uma conversa muito séria com a filha:

— Minha filha, quando você estiver fazendo amor e o seu marido pedir pra você virar, não vire. O outro lado, nunca! Nunca!

— Sim, papai.

Assim ela se casa, os anos se passam e uma noite estão ela e o marido na cama.

— Meu amor, vira pra gente provar o outro lado — pede o marido.

— Nunca! O outro lado, nunca!

— Mas você não quer ter filhos?

O casalzinho está no quarto no maior amasso, quando a mãe da menina bate na porta.

— Meninos, venham pra sala comer os bolinhos!

Eles se ajeitam e vão pra sala comer os bolinhos. O rapaz morde o seu e dá aquela puxada de saco na futura sogrona.

— Nossa, dona Maria, realmente estão deliciosos esses bolinhos de bacalhau...

A namorada interrompe:

— João, vai lavar as mãos, que os bolinhos são de batata!

Um ano depois de se casar, a filha desabafa com a mãe.

— Mãe, eu não aguento mais essa mania do meu marido de comer cu. Antes de casar o meu cu era do tamanho de uma moeda de 10 centavos. Agora já está do tamanho de uma moeda de um real!

— Minha filha, você não vai terminar com um casamento só por causa de 90 centavos!

Zeca era muito amigo de um casal, Marcão e Soninha. Um dia, Zeca estava andando na rua e encontrou Soninha. Ela começou a dar em cima dele escancaradamente e ainda o convidou para

> Vinho pode ser branco ou tinto, mas cu tem que ser rosé.

qualquer dia desses lhe fazer uma visita. Os dois se despediram e Zeca chegou em casa baratinado. De repente, tomou uma decisão:

"A Soninha me deu o maior mole! Ah, foda-se o Marcão! Eu vou lá comer a Soninha!"

Chegando lá, ele encontra a porta aberta e vai entrando. Ouvindo barulho de água, Zeca desconfia que ela deve estar no banho e resolve fazer uma surpresa. Ele se deita peladão na cama. Eis que surge Marcão enrolado numa toalha:

— Zeca, o que você está fazendo pelado, na minha cama?

— Eh, bem... Eu, é que... é difícil explicar, Marcão, sabe, a gente se conhece há um tempão...

— Desembucha!

— Eu estava lá em casa, sem fazer nada, aí, sem mais nem menos, bateu uma vontade de vir até aqui e... DAR A BUNDA PRA VOCÊ!!!!

Eu queria morrer dormindo, como o meu avô.
E não gritando desesperado como os passageiros
do ônibus que ele dirigia.

Como você sabe que entrou numa igreja gay?
Só metade das pessoas está ajoelhada.

SE MULHER FOSSE LÍQUIDO, EU BEBIA, MAS COMO É SÓLIDO, EU COMO

Uma sexta-feira à tarde duas mulheres estão jogando conversa fora quando uma delas avista o marido.

— Ih, lá vem meu marido. E o que é pior: ele comprou flores!

— Que bom!

— Bom, nada! Lá vou eu passar o fim de semana inteiro com as pernas abertas!

— Ué, você não tem um vaso em casa?

Duas mulheres conversando:

— O meu marido me abandonou, me tratou como se eu fosse uma cachorra!... Ele é um ingrato! Foi graças a mim que ele ficou milionário!

— Antes de casar ele não era milionário?

— Não, antes de casar ele era multimilionário!

Uma mulher deprimida e desesperada resolve dar fim à vida se jogando de uma ponte. Quando ela sobe na mureta da ponte, um marinheiro vê suas lágrimas, percebe sua intenção e tenta dissuadi-la.

— Não se jogue. Você tem uma vida toda pela frente. Olha, eu vou pra Europa amanhã de manhã. Se você quiser eu posso esconder você no meu navio. Eu levo comida pra você todo dia. Você assim pode começar uma vida nova na Europa.

Ele se aproxima dela e a abraça.

— Eu vou fazer você feliz e você vai me fazer feliz.

A mulher resolve aceitar a oferta do marinheiro e desiste de se suicidar. "Afinal, o que eu tenho a perder?", pensa ela. Naquela noite o marinheiro a levou para seu navio e a escondeu dentro do bote salva-vidas. Toda noite ele trazia comida e água pra ela e eles faziam amor apaixonadamente.

Três semanas depois, durante uma revista de rotina, ela é descoberta pelo capitão.

— O que você está fazendo aqui?

— Eu tenho uma combinação com um dos marinheiros — responde a moça. — Ele vai me levar pra Europa. Ele me traz água e comida e me fode toda noite.

— Fode mesmo, minha filha, porque isso aqui é a barca cantareira e nós agora estamos indo pra Niterói.

> — Mamãe, quando crescer eu quero ser baterista.
> — Você tem que escolher, meu filho, não dá pra fazer os dois.

TAPO TUDO POR DINHEIRO

Um sujeito milionário entra numa tremenda crise financeira. Ele chega em casa e avisa a mulher:

— O bicho tá pegando. É melhor você aprender a cozinhar que eu vou mandar a cozinheira embora.

— Se você aprender a trepar, a gente pode mandar embora o motorista!

O sujeito enche a cara com um amigo num bar.

— Rapaz, eu tinha tudo que eu queria. Eu era milionário, tinha muito, mas muito dinheiro mesmo. Tinha uma casa maravilhosa, super bem decorada, sensacional. Tinha o amor de uma mulher linda, uma deusa... De repente, pum! Tudo acabou...

— Mas o que aconteceu?

— Minha mulher descobriu tudo!

Um empresário brasileiro vai ao Japão em viagem de negócios. À noite, sem nada pra fazer, ele resolve pedir uma prostituta no quarto. A mulher chega e ele manda ver. Chupa aqui, mete ali, o cara começa a achar que está matando a pau porque a mulher só fica gemendo e gritando:

— Flo ba! Flo ba!

No dia seguinte ele vai jogar golfe com um empresário japonês. O japa faz uma jogada muito boa e o brasileiro resolve puxar o saco do japonês mostrando seus conhecimentos do idioma nativo.

— Flo ba! Flo ba!

— Que é isso? — pergunta o japonês surpreendido. — Você ta dizendo que eu errei o buraco?

Um rapaz está andando pela rua quando vê um sapo. Ele pega o sapo e o coloca no bolso. Lá pelas tantas ele ouve uma vozinha. É o sapo.

— Se você me beijar, eu vou me transformar numa linda princesa.

O rapaz pegou o sapo, deu um sorriso, o colocou de volta no bolso e continuou andando. O sapo repete.

— Ô rapaz, não ouviu não? Se você me beijar, eu vou me transformar numa linda princesa.

O rapaz pegou o sapo, deu um sorriso e o colocou de volta no bolso.

— Vou me transformar numa princesa maravilhosa!

O rapaz pegou o sapo, deu um sorriso e o colocou de volta no bolso.

— Meu irmão, uma princesa espetacular, sensacional, cheia de amor pra dar, que vai fazer tudo que você quiser!

O rapaz pegou novamente o sapo, olhou pra ele e finalmente falou:

— Olha, eu sou economista, trabalho no mercado financeiro. Eu não tenho tempo pra mulheres. Mas um sapo falante é superlegal!

— Por que o adolescente judeu não tem espinhas na cara?
— Porque não abre a mão nem pra bater punheta.

VAGABUNDAS E BUNDAS VAGAS

— Quais são as duas palavras que você não quer ouvir quando está trepando?
— "Querida, cheguei!"

Numa rua escura um homem se aproxima de uma prostituta.

— A senhorita aceitaria a minha companhia?
— É claro. Compreta é 50 pratas.

O homem virou-se pra trás e ordenou:

— Com-pa-nhia! Ordinário, marche! Um-dois....

Três gerações de prostitutas moravam juntas: a avó, a mãe e a filha. Uma noite a filha chega em casa com uma cara péssima.

— Como foi sua noite? — perguntou a avó.
— Não muito boa. Consegui só 20 reais por uma chupadinha.
— Nossa — disse a mãe —, no meu tempo a gente dava uma chupadinha por cinco reais!
— Meu Deus! — disse a avó. — Na minha época a gente já ficava muito feliz se tivesse alguma coisa quente na barriga!

— Outro dia conheci uma mulher maravilhosa. Uns peitos lindos, nem grandes nem pequenos, perfeitos. E as pernas? Que pernas! Perfeitas!

Nunca vi coxas tão incríveis em toda a minha vida. E a bunda? A bunda era o melhor dela, uma coisa de louco, rapaz!

— Tudo bem, peitos, pernas, bundas. Mas, e cara?

— Caríssima! Caríssima!

ANEDOTAS DE SALÃO
VERSÃO EXTENDED PLAY

Aí o português entrou numa farmácia, muito nervoso, e perguntou:

— O sinhoire táim supositório?

O farmacêutico, muito espertalhão, mandou o português esperar, foi lá dentro e trouxe um urubu pintado de verde. Vendo aquilo, o galego indagou:

— O sinhoire vai me desculpaire, mas como é que se usa este tal de supositório?

O farmacêutico então explicou-lhe que o medicamento deveria ser introduzido no ânus.

Uma semana depois, o português voltou com o urubu entalado na boca e, por meio de mímica, explicou que ainda não tinha conseguido tomar o remédio.

O farmacêutico, irritado, gritou:

— Meu senhor, não é nada disso. Eu já expliquei que o supositório é paro ser introduzido no ânus! No ânus! Entendeu?

continua

E o português:

— Ah! Agora eu entendi.

Duas semanas depois, o farmacêutico recebeu um telegroma com a mensagem: O SUPOSITÓRIO SUBIU NO TELHADO.

Como o telegrama era a cobrar, o farmacêutico, que andava na pior, foi pedir dinheiro emprestado ao Jacó. No caminho, deparou-se com uma placa que dizia: CACHORRO CHUPA PAU A 200 METROS. Mais preocupado com o dinheiro, o farmacêutico seguiu o seu caminho. Adiante, ele viu uma outra placa que dizia: CACHORRO CHUPA PAU A 100 METROS, e pensou com seus botões:

"É... até que é uma..."

Animado, o farmacêutico apertou o passo até chegar diante de uma placa na porteira de uma fazenda com os dizeres: CACHORRO CHUPA PAU AQUI.

Ao entrar na propriedade, foi recebido por um velho fazendeiro que lhe explicou:

continua

— O que uma mulher grávida e uma torta queimada têm em comum?
— Em ambos os casos, você devia ter tirado antes.

— Infelizmente o cachorro subiu no telhado, mas o senhor pode pernoitar no quarto da minha filha, a Bibica. Percebendo a roubada em que havia se metido, o farmacêutico preferiu dormir na quebrada da soleira que chovia, ao lado de Luiz Melodia. De manhãzinha, foi tirar água do joelho no mato e descobriu, no pasto ao lado, uma vaca boazuda, dona de um corpo escultural. O farmacêutico pensou então com seus botões de sua braguilha aberta: "É... até que é uma..."

Como a vaca estava do outro lado de uma enorme cerca de arame farpado, o farmacêutico pediu a um elefante gago e fanho que por ali passava para ajudá-lo a atravessar a cerca.

Depois de chegarem do outro lado da cerca, o farmacêutico virou-se para o paquiderme com problemas na fala e falou:

— Obrigado, seu elefante.

Ao que o gigantesco animal redarguiu:

— Õ-õ-õ-õ-bri-bri-gâdô nnnnnada... vãi... fã... fê... fi... fõ... ah, deixã frã lã, fôrra!

Enquanto isso, a vaca, percebendo que o farmacêutico a espiava com os olhos, perguntou-lhe:

— Coração tem pernas?

— Não — respondeu o farmacêutico.

— Então bota, Jorge! — disse a ruminante se arreganhando todinha.

continua

Sentindo cheiro de borracha queimada, o farmacêutico gritou enfezado:

— Peraí! Eu não me chamo Jorge, não sou casado e não moro em Niterói!

E a vaca:

— Então bota, Jorge!

Apavorado, o farmacêutico saiu correndo e se refugiou numa sinagoga, onde um velho judeu estava no seu leito de morte.

Preocupado com o moribundo, o farmacêutico perguntou a um rabino que por ali passava:

— Foi comida kosher?

— O senhor não entender... comida kosher sai eu! — disse o rabino.

Agonizante, o moribundo começou a chamar por seus filhos.

— Bibica, você estarr aí?

— Estarr, papai.

— Farmacêutica, você estarr aí?

— Estarr, papai.

— Elefante, você estarr aí?

continua

— Por que o super-homem só namora mulher estudiosa?
— Porque pra dar pro homem de aço é preciso ser cu de ferro.

— Ê... ês... ês... ah, dêixã frã lã, fõrra!
— Bocage, você estarr aí?
— Estarr de olho na butique da sua mulher, papai!
— Anão, você estarr aí?
— Estarr sim, mas com um pau desse tamanho.
— Serjão, você estarr aí?
— Estarr, papai.
— E o Ringo Starr?
— Não, foi paul uma cartney no correio.
Aí, o moribundo semita gritou furioso:
— Porra! Então quem estarr no telhado do loja?

ÍNDICE REMISSIVO

Adolescente, 105, 139
Advogado, 16-17
África, 91, 93, 94
Africanos, 92-93
Alienígena, 24
Anão, 42, 147
Angelina Jolie, 111, 112
Árabe, 39, 63-64

Baianos, 104
Barbeiro, 34-35
Bêbado, 46, 123-24
Beija-flor, 78-79
Bolívia, 62
Bunda, 78, 133, 140, 142

Cabrita, 85
Cachorro, 11, 23-24, 76, 84-85, 144-45
Capiau, 85-86, 87-88
Cavalo, 29-30, 85

Ceguinho, 126
Challenger, 91-92
Cigarra, 79
Clitóris, 71
Coelhinho, 19, 78
Corcunda, 88-89
Cordeiro, 82-83
Criança Esperança, 73
Cu, 35, 46, 87, 88, 96, 109, 113, 114, 115, 132, 146

Diabo, 36, 41, 42

Economistas, 95
Elefante, 36, 78, 145-46
Espermatozoide, 72

Fanhos, 48-49, 145
Fidel Castro, 36
Filho da puta, 38, 41, 42, 88, 121

Fluminense, 40
Formiga, 79-80
França, 80, 102
Franceses, 115
Freiras, 11, 20, 28, 29-30

Galinha, 20, 128
Garçom, 44, 45, 46, 47, 73
Gaúcho, 41-42
Gênio, 39-40

Inglês, 93
Israel, 39, 40
Italiano, 63-64, 124
Itamarati, 92

Jacó, 53, 144
Japonês, 54, 138
João Gilberto, 98-99
Joaquim, 60, 61, 66, 67, 68, 69, 70
Judeu, 39, 52, 53, 54, 139, 146
Juquinha, 75, 110

Ladrão, 20
La Fontaine, 80, 81
Lisboa, 65
Loura, 40, 56, 57, 58, 59, 85-86

Lua de mel, 102, 126, 129, 130
Lusitano, 69, 83, 96, 98

Macaquinho, 79
Mal de Parkinson, 130
Manoel, 60, 61, 65, 70
Maria, 61-62, 64, 66, 67, 132
Médico, 100, 101, 114, 116, 117, 118, 119
Melhor amigo, 61, 127
Mexicana, 98, 118
México, 98
Milionário, 43, 134, 137
Motorista, 16, 22, 24, 30, 79, 137
Mulheres maravilhosas, 40, 71, 141

Nadadora alemã, 97, 98
Náufrago, 111-12

Olimpíadas, 96, 97

Paciente, 117, 118
Padre, 28-29, 30, 31-32, 34
Papa, 16-17, 30-31, 32-33, 35, 91

Paraíso, 13, 32
Paris, 71, 102-03, 112
Patroa, 14, 125
Pau, 13, 23, 24, 34, 45, 56, 67, 88, 89, 100, 101, 105, 126, 129, 130, 138, 144, 147
Peidos, 61, 93, 113, 119
Pescadores, 106,
Piloto, 62, 112-13
Piroca, 100, 101, 102
Polícia, 19
Poloneses, 32, 33
Porteiro, 73-74, 103, 124
Portugal, 59, 62, 96, 99
Portugueses, 33, 54, 61, 62, 63, 64, 65, 66, 67, 69, 82, 83, 98-99, 114, 115, 121, 122, 123, 143-44
Professor(a), 74-75, 110-11

Prostituta, 28, 138, 141
Putas, 44, 51, 73
Raposa, 81-82
Rio de Janeiro, 98
Roma, 33, 35

São Pedro, 14, 16, 36, 37-38
Sapo, 138
Sexo, 43, 58, 77, 90, 95, 126
Super-homem, 124, 146

Tomografia computadorizada, 100

Uberaba, 14, 75

Viados, 18

Formado por Marcelo Madureira, Beto Silva, Reinaldo, Hubert, Claudio Manoel e Helio de la Peña, o Casseta & Planeta é um dos grupos humorísticos mais populares do país. Bussunda, um dos integrantes da turma, faleceu em junho de 2006, vítima de um ataque cardíaco.

Este livro foi impresso na
LIS GRÁFICA E EDITORA LTDA.
Rua Felício Antônio Alves, 370 – Bonsucesso
CEP 07175-450 – Guarulhos – SP
Fone: (11) 3382-0777 – Fax: (11) 3382-0778
lisgrafica@lisgrafica.com.br – www.lisgrafica.com.br